弟切草

小烏神社奇譚

目次

一章　宮司と本草学者

一

江戸の一角、上野の奥まった場所に、とある古い神社がある。

名は、小烏《こがらす》神社。

敷地の中心部には小ぢんまりとした拝殿が建ち、その奥には本殿、さらにその奥には平屋と小さな畑がある。育てられているのは食卓を彩る青物ではなく、甘草《かんぞう》や生姜《しょうが》、葛《くず》などの薬草類であった。

今の季節、春の七草が青々と茂っており、寒い冬を耐え忍んだ忍冬《すいかずら》や錨草《いかりそう》が開花の時期を待っている。その傍らでは黄連《おうれん》が細い茎を上へ伸ばし、小さな白い花を咲かせていた。

その畑の中を、白い蛇がくねくねと身を躍らせるようにしながら移動していく。

餌を探すふうでもなく、畑を荒らすわけでもない。まるで育ち具合を確かめるかのように、草を一本一本じっと眺めたり、時には細く長い舌で舐《な》めてみたりしている。

やがて、一通り動き回った白蛇は、畑の外へするすると出てきた。

その時、カア――と、白蛇の頭上から声が降ってきた。白蛇が頭をもたげると、傍らの梅の木の枝にカラスが一羽止まっている。

一瞬、白蛇とカラスは互いに睨《にら》み合った――かと見えた。が、その直後、

「おうい、竜晴《りゅうせい》」

鳥居の方から、伸びやかな声が聞こえてくるなり、両者はぱっと身を翻《ひるがえ》した。カラスは空へと飛び上がり、白蛇は畑を離れて、縁の下へと潜り込む。

それらの姿が見えなくなった静かな庭へ、背の高い痩せた男が現れた。年の頃は二十代前半ほど。手には笊《ざる》を抱えており、その上にはさわらにしじみ、山菜に筍《たけのこ》などといった食材がたっぷりと載っている。

「おっ、今日もいい具合に育ってるな」

男は薬草の畑に目を向け、顔をほころばせた。持っていた笊を勝手に縁側に置くと、畑の脇にしゃがみ込み、草の葉をじかに手で触れ、育ち具合を確かめ始める。

その時、平屋の引き戸ががらりと開いた。

立っていたのは、賀茂《かも》竜晴、この小烏神社の若き宮司である。白い袴《はかま》に総髪とい
う出で立ちで、端整な顔にはこれという表情が浮かんでいない。

「ああ、竜晴。いるのなら返事くらいしろ」

来訪者の男は、竜晴に笑顔を向けて言った。

「返事などしなくても、私がいることは分かっているだろう」

竜晴は静かに言葉を返した。

理に合わぬことはしないという竜晴の性情を、この客人――医者で本草《ほんぞう》学者の立《たち》
花泰山《ばなたいざん》はよく分かっている。

「まあな」

案の定、泰山は竜晴のそっけないとも言える物言いに、腹を立てた様子もない。

鷹揚《おうよう》でのんびりした泰山の性情が、二人の仲を円滑にしているのは間違いなかった。

「今日も買ってきてくれたんだな」

竜晴は縁側に置かれた笊の上の食材に目をやり、泰山に礼を言った。

泰山は毎日のように小烏神社へやって来る。ここの土地を借りて育てている薬草

の具合を見るためであった。土地を借りている礼というわけでもないのだろうが、しょっちゅう青物や魚を買ってきてくれる。

「金はもらってるんだし、気にするな。どうせ私だって、煮炊きの品は買わなきゃならんのだ。まとめて買えば安くしてもらえるし、私も助かっている」

泰山は言った。

竜晴と泰山は二人とも、早くに両親を亡くし、まだ妻をもらっていない。若い男の独り住まいとなれば、飯炊きの奉公人を頼むことが多いが、どちらもそうしていなかった。

「それにしても、ここの薬草は育ち具合がいいな」

泰山は庭で育つ薬草に、愛しげな眼差《まなざ》しを注ぎつつ呟《つぶや》いた。

「そうなのか。私はよく分からないが」

「仕事柄、薬草を育てることには慣れている。ここの薬草は格別だよ」

泰山は亡き父の跡を継いで医者となったが、特に本草学にくわしく、その方面の学問を究めたいという志を持っていた。

「理由があるのか」

竜晴が尋ねると、泰山は「いいや、それが分からないんだ」と残念そうに言った。

「生長が早いだけではなく、他の土地で育てたものより二割ほど大きく育つ。根や茎は太く、薬の効き目も強い」

土がいいのか、陽《ひ》の当たり具合がどこか他とは違うのか、それとも種苗の質がよかったのか。高名な学者に教えを乞いたいところだが、とやはり残念そうに言う。

「まあ、理由はともかく、お前のところの土地を貸してもらって本当によかった。それだけは確かだ」

泰山は気を取り直したように、歯を見せて笑った。

陰を微塵《みじん》も感じさせない陽だまりのような笑顔は、いつものことである。

竜晴はこの笑顔を見る度に、人は生まれながらにして善人であるという古人の言葉を思い浮かべた。人はどういう育ち方をすれば、この男のようになるのか。それは今に至ってもなお、謎であった。

「私が初めて、この神社へお参りした時、ここは蓬《よもぎ》が生い茂っていたんだったな」

二年前の春のことか、と泰山は懐かしそうに目を細めた。

神社は参拝者を選ばないが、泰山はこの神社の氏子というわけではない。たまたま通りかかって立ち寄ったところ、庭に蓬が生い茂っているのを見て、薬として使いたいので分けてくれないかと、宮司の竜晴に声をかけたのである。

庭の蓬に関心のなかった竜晴は承知したが、泰山はその日だけでなく、それから何日も続けて蓬を採りにきた。やがては、蓬だけを育てているのはもったいないから、他の薬草も植えたらどうかと持ちかけてきたのである。

そんなことをする気のまったくない竜晴は言下に断ったが、それならば、自分に育てさせてほしいと、泰山は食い下がった。

「あの時、お前はなかなかここを畑にすることを承知してくれなかったからなあ」

と、泰山は朗らかに言って笑った。

「『小烏神社』という名を聞いて、まさに薬との宿縁を感じたんだが……」

「宿縁とは、そんなに薄っぺらいものではないぞ」

竜晴は形の良い眉をひそめて言い返した。

「そうか。まあ、お前が言うなら、そうなんだろうな」

泰山はのんびりとうなずいた。その大らかな笑顔に、当時の真剣そのものだった泰山の顔が重なって、竜晴の脳裡《のうり》によみがえっていた。

二年前の春。

採っても採ってもなお蓬の生い茂るこの庭で、二人は論争をくり広げたのだった。

「聞けば、こちらは小烏神社とおっしゃるそうですね。まさに、薬とご縁の深いお名前ではありませんか。これは、神のお導きに他なりません」

泰山の言葉に、竜晴は妙な表情を浮かべた。

「この神社は生憎《あいにく》と、薬とは何の縁もありません。『小烏神社』という名は、遠い昔、この地を支配した平将門《まさかど》公が太刀《たち》『小烏丸《こがらすまる》』を祀《まつ》ったことによるもの。その後、宝物の太刀は将門公を討った平貞盛《さだもり》公によって持ち去られ、その子孫である清盛《きよもり》公の手に渡り、壇《だん》ノ浦《うら》の合戦を経て行方知れずとなりましたが……。さて、この話のどこに、薬と縁があるのですか」

竜晴は冷静な声で淡々と言い返した。その顔は美しく整っているがゆえに、無表情でいられると恐ろしい。そんな竜晴の顔に、少し気圧《けお》されそうになりながらも、泰山は果敢に応酬した。

「神社の縁起は初めて聞きましたが、私が言うのはそういうことではありません。

『烏薬《うやく》』という生薬があるのです」

「うやく……？　ああ、徐福《じょふく》の言い伝えに出てくる木のことか」

竜晴が独り言のように呟くのを耳に留め、泰山は目を瞠《みは》った。木のことも生薬のことも「烏薬」というのだが、どちらも世の中に広く知られていることではなかったので、意外だったのだろう。

「ご存じでしたか」

泰山の、竜晴を見る目が少し変わった。

烏《からす》の薬と書いて、「烏薬」という。それは、秦《しん》の始《し》皇帝《こうてい》の命令を受けた徐福が、不老不死の薬を求めて日本に渡ってきた時、秦から伝えられたとされる木であった。

この木の根から作られる生薬は、胃を強くする薬効がある。

ところが、この話が何らかの真実を含んでいるなら、日本に烏薬という木があってもいいのに、現在そう呼ばれる木はなかった。別の名前に変わったのではないかというので、あの木がそれだ、いやこの木だ、と本草学者の間で意見は飛び交っていたが、結論はつけられていない。

一方、支那《しな》には烏薬と呼ばれる木が確かにあり、同じ名の生薬が作られている今では、鎖国政策により制限を受けているが、生薬として日本にもたらされていた。しかし、海を渡って来る薬は値が張るので、口にできるのはごく限られた人だけである。

「私は徐福がこの国に、烏薬をもたらしたという伝説そのものを疑っております。そもそも、その薬とカラスがどう関わるというのですか」

竜晴の言葉に、泰山は勢いづいて説明を始めた。

「烏薬という名は、烏薬の木に生《な》る実がカラスのように真っ黒なことによるものだと言われています。あるいは、生薬として使われる根の形がカラスの頭に似ているからだとも」

「カラスの頭に、ねえ」

竜晴はカラスの頭の形を思い描くような表情を浮かべた。

正直、烏薬が支那の本草書に載っていることは知っていたのだが、烏薬という名がついた由来までは竜晴も知らなかった。その真偽を確かめる術《すべ》はないものの、それを即座に答えてみせた泰山に対し、竜晴の見方も少しずつ変わり始めていた。もっとも、思ったことがそのまま顔に出る泰山と違い、竜晴の方は心の変化をわずかも見せることはない。

そのうち、竜晴の無表情に耐えきれなくなったのか、泰山は焦り始めた。

「あなたは宮司として心が狭すぎるのではありませんか？」

「心が狭い……？」

竜晴から冷たく切り返されて、泰山は内心で震え上がった。が、そこでさらなる勇気を奮い起こして言い返した。

「神社仏閣とはもともと人々に拝ませるだけのものではないでしょう。病める人々に食べ物や薬を与えることも、寺社の大事な役割だったはずです」

昂奮《こうふん》した面持ちで言い切った泰山は、口をつぐんだ直後、不安げに竜晴の顔色をうかがった。

少し言いすぎたか。門外漢の自分が寺社の役割について偉そうに語ってしまったが、本職である相手を完全に怒らせてしまったのではないか。

泰山の表情は如実にその心の声を伝えていたが、ややあってから竜晴は、

「分かりました」

と、静かな声で答えた。表情は相変わらず、これという感情の浮かばぬものであ

ったが……。

「えっ？」

泰山は意外そうな声を上げた。

「今、何と？」

「分かったと言ったのです。私は何の手伝いも世話もしませんが、それでよいというのなら、この神社の庭を好きに使ってくれてかまわない。もちろん、収穫したものは勝手に持って行ってけっこうです」

竜晴は淡々と答えた。

しかし、その後も泰山は黙ったまま、しげしげと竜晴の顔を見つめ返すだけであった。

「まだ、何か？」

「いえ、それでけっこうです。しかし……」

泰山はそこで言いよどんだものの、やがて意を決して続けた。

「どうして急に聞き容《い》れてくれたのですか。初めは渋っておられたのに」

「あなたの言ったことが理に適《かな》っていると思ったからです」

「理に適って……？」

「寺社が病者に薬を与えるところであったのは事実であり、それを覆《くつがえ》すだけの理屈を私は持たなかった。だから、受け容れたということです」

「その、宮司殿は……変わったしゃべり方をするのですね」

泰山は驚きを隠しきれぬという様子で呟いた。

「そうですか。まあ、氏子以外の人とは付き合ったことがありませんからね」

「何というか、書物の言葉をそのまま読み上げているような感じがした」

泰山の返事に、竜晴は首をかしげる。

「おっしゃる意味がよく分かりませんが」

「いえ、ただの独り言です。その、私のことは泰山と呼んでください、宮司殿」

「ふむ。ならば、私のことも竜晴と呼んでもらった方がいいのだろうか」

そうしてほしいと言うのではなく、自分で自分に問いかけるような調子で呟く竜晴に、泰山は戸惑った。

「宮司殿が望む呼び方で、お呼びしますが……」

泰山が言うと、竜晴は少し考えた末、

「では、竜晴と呼んでください。一方が名で呼ぶのに、一方がそうでないのは、辻《つじ》褄《つま》が合いません」

と、答えた。

こうして、竜晴と泰山の付き合いは始まったのであった。

竜晴が二年前のやり取りを思い浮かべていた時、泰山もまた同じことを思い出していたらしい。

「懐かしいな」

目を細めて竜晴を見つめる泰山に、竜晴は「そうか」とそっけない言葉を返した。そんな態度に、泰山はあははっと声を上げて笑い、不快な顔はまったく見せなかった。

「そういうところ、ちっとも変わってないんだよなあ。けど、お前は変わったよな」

「変わったと言いたいのか、変わっていないと言いたいのか、まるで分からぬ」

「本当にそうだ」

言われて気づいたというふうに、泰山は目を瞠った。あきれたような表情を浮かべる竜晴に、

「まあ、変わっていないところもあるが、大体において変わったということだ」

適当なことを言って、泰山は話をまとめた。

「まあ、いい。私はこれを台所へ持って行くが、上がっていくか」

竜晴は泰山の持ってきた魚や筍、山菜の笊を取り上げて尋ねた。

「いや、いい。水やりだけしたら今日は帰る。井戸を勝手に使わせてもらうぞ」

泰山の返事に、竜晴は「ああ」と答え、そのまま笊を持って平屋の中へ消えた。

それから、泰山は楽しげに水撒《みずま》きをした後、家屋の中にいる竜晴に「帰るぞ」と声だけかけて去って行った。

竜晴は姿も見せず、「ああ」と返事をしただけであった。

二

泰山の姿が神社から消えた途端、縁の下から白蛇がするすると這《は》い出てきた。一

方、どこかへ飛び去っていたはずのカラスも舞い戻ってきて、先ほどと同じ木の枝に止まった。

一匹の蛇と一羽のカラスは、この場を去る直前の対峙《たいじ》を思い出したかのように、再び剣呑《けんのん》な眼差しで見つめ合った。

カア――と、カラスが鋭い声で鳴く。

一方の白蛇は、シャーッという音を立てて、赤く細い舌を上へ伸ばした。

カラスは慌てたように羽をばたつかせ、飛び立とうとする素振りを見せた。が、蛇の舌がどれだけ長いといっても、自分までは届かないと分かるや、羽を畳み直して、カアと鳴いた。

「はいはい。そこまで」

その時、手を叩《たた》く音と場を収める声がして、縁側に再び竜晴が現れた。

「竜晴！」

「竜晴さまっ」

カラスと白蛇の口から同時に声が上がった。そうはいっても、人の耳にはただ単に、カラスの鳴き声、白蛇が舌を出して吐いた音としか聞こえない。

しかし、竜晴には分かる。葛城山《かつらぎやま》一帯を支配した古い名族賀茂氏の血を引く、この小烏神社の宮司には――。

何といっても、先祖には神を使役したという役小角《えんのおづぬ》がおり、世に知られた陰陽師《おんみようじ》安倍晴明《あべのせいめい》の師匠だった賀茂忠行《ただゆき》、保憲《やすのり》父子もいる。人ならぬモノたちの言葉を聞き分けるのは、この血族には当たり前のことでもあった。

「抜丸《ぬけまる》」

竜晴はまず白蛇に目を向けて、その名を呼んだ。

「はい。竜晴さま」

抜丸と呼ばれた白蛇が嬉《うれ》しそうに応じながら、竜晴の方へにじり寄った。

「いつも薬草の世話、ご苦労さま。ここのは育ちがよいと泰山が喜んでいた。私からも礼を言おう」

「そんな、礼などと――」

抜丸は身をくねらせながら謙遜した。

「これからもよろしく頼むよ」

竜晴の言葉に、抜丸は「はい」と応じたものの、

「ですが、私はあの方のためにやっているのではありません」

と、生真面目《きまじめ》な口ぶりで続けた。

「あの方が、竜晴さまのご友人と思えばこそ」

「ああ、そうだったね。お前の忠誠心はちゃんと分かっている」

竜晴が言うと、抜丸は頭のてっぺんからしっぽの先まで身をぶるっと震わせた。

それを見届けると、竜晴は樹上のカラスを見上げた。

「小烏丸」

と呼びかけて、右腕を軽く肩の高さに掲げてみせる。すると、カラスは枝から竜晴の腕へ静かに舞い降りてきた。

「何だ、竜晴」

小烏丸と呼ばれたカラスは、抜丸よりもずっと横柄な口の利き方をするのだが、その声にはどこか相手に甘えるような響きもこもっている。

「お前はさっき、高い木の枝から抜丸に向かって、何と言った？」

「何って、『地べたを這い回るのは大変だな、ご苦労さん』ってねぎらっただけだ」

「それに対して、抜丸からは何と言われた？」

「『何さまのつもり？』と言われたから、『我《われ》は小烏丸さまだ』と答えてやった」

小烏丸は笑いを含んだ調子で言う。それに怒った抜丸がまたもや鋭い音を立てて舌を突き出した。

「よさないか、お前たち」

竜晴は再び間に割って入り、それから溜息《ためいき》を漏らした。

「まずは小烏丸。真面目な者をからかうのはよしなさい。それから、抜丸と話す時は、お前も同じ目の高さになること。いいね」

「……ああ。分かった」

小烏丸は素直にうなずいたものの、これだけは言わずにいられないという様子で、嘴《くちばし》を動かした。

「だが、我は高いところが好きなのだ。逆に抜丸は地べたを這うのが大好きときた。我が抜丸より高いところにいるのは、当たり前のことだと思うのだが」

「しかし、人でも付喪神《つくもがみ》でも、高いところからものを言われて、いい気はしない。第一、お前は私と話す時には、いつも同じ目の高さまで下りてくるではないか」

「ほんとだ」

今初めてそのことに気づいたという様子で、小烏丸は驚いてみせた。

何をわざとらしいことを――とでも思っているのか、抜丸が赤い舌を出してシャーッと音を立てる。小烏丸の黄色い目が抜丸に鋭く注がれた。

「はいはい」

竜晴が再々両者の中に割って入った。

「私がこうしてお前たちに話をしている理由を、少しは考えてみてくれてもいいと思うのだが」

カラスと白蛇は押し黙った。

「我々の間には深い縁があると私は思うし、お前たちの力や値打ちも分かっているつもりだ。だが、お前たちにそばにいてくれと拝み倒した覚えはない」

「りゅ、竜晴さま。それはどういう……」

抜丸がわななくような声で訊《き》き返した。

「だから、お互い一緒にいたくないなら、いつでも去ってくれてかまわない。私は無理を言って引き止めたりはしないから」

「竜晴ぃー」

情けない声を上げたのは小烏丸であった。

「そんなつれないこと言うなよ。我も抜丸も、お前が生まれるずうっと前から、お前のご先祖と一緒にいたのだぞ」

「だから、私たちには縁があると認めているじゃないか」

「その縁ってのは、たやすく断ち切れるもんじゃないだろう？」

「私は別に断ち切ってもかまわない、たった今、そう言ったつもりだが……」

「竜晴さま、申し訳ございませんでした」

抜丸はすばやく謝罪の言葉を口にした。

「小烏丸はともかく、私は竜晴さまから離れることなど、考えたこともありません。また、おそばに置いていただけるのなら、いかなる我慢もいたします」

「そうか」

とだけ、竜晴は言った。それはありがたいとか、嬉しく思うという言葉が続くことはなかった。それを言えば、この一匹と一羽——いや、二柱《ふたはしら》の付喪神と己との関係が変わってしまう。それを十分承知しているからであった。

竜晴の美しく冷たい目が小烏丸へと向けられた。

「りゅ、竜晴……」

小烏丸がそれまでになく緊張した声を発した。ほんの一瞬、沈黙が落ちる。

「わ、我もそやつと一緒にいるのを我慢する。竜晴とは離れたくないからな」

小烏丸もまたあっさり折れた。

「いいだろう。お前たちが諍《いさか》いをしないのであれば、我々は共に平穏な日々を送ることができる」

「その、竜晴。今さら言うまでもないことだが、我の本体の方も見つけてくれ。それがお前のもとにいたい理由というわけじゃないんだが、お前ほどの力を持つ者は賀茂氏の先祖にもいなかった。我はお前に頼るしかないんだ」

小烏丸は上目遣いに竜晴を見つめて言った。

「それは分かっている。今のところ手がかりはないが、私も心がけるようにはしている」

竜晴は小烏丸の目を見て、しっかりとうなずき返した。

小烏丸の本体とは、この神社に祀られたという平家重代の太刀の名――かつて、竜晴が泰山に説明した通りである。しかし、その太刀は壇ノ浦の合戦の際、海の底に沈んだとされ、以来、行方知れずのままであった。

太刀と同じ名を持つ、カラスの小烏丸は、その太刀の付喪神である。

付喪神とは人と共に何十年、何百年の時を過ごしたモノが魂を得たもの。

そのこと自体は世間によく知られているが、付喪神が見えたり、付喪神と言葉を交わせるのは、ごく限られた者だけである。

通常、付喪神は自らの本体と共に存在するものであった。

魂が形を得て、本体から離れることが可能になっても、付喪神が本体と遠く離れることはない。小烏丸はその特異な例であり、竜晴も他にそのような例を知らなかった。

ただし、本体から遠く離れた代償なのか、小烏丸は古い記憶を失っている。壇ノ浦の合戦より前のことはまったく覚えておらず、その後、どういう経緯《いきさつ》を経たのか、京の町をうろうろしていたところを賀茂氏の陰陽師に見つかり、保護されることになった。

それ以後の記憶はあるが、そうして何百年の時を代々の賀茂氏と共に過ごしているものの、本体は見つからぬままなのであった。

賀茂氏の当主がこの江戸の小烏神社の宮司をしているのも、ここに付喪神の小烏丸を鎮座させれば、本体の太刀の方が引き寄せられてくるのではないかと考えたためである。

一方、抜丸も付喪神であり、元は小烏丸と同じく、平家一門が所有していた刀であった。

平清盛の父忠盛《ただもり》が昼寝をしていた際、大蛇に襲われかけたのだが、その時、刀身がするりと鞘《さや》を抜け出し、持ち主の忠盛を守ったという逸話を持つ。それゆえ、「抜丸」と呼ばれるようになり、付喪神としてはその逸話に縁のある蛇の姿を得た。

付喪神の姿や形は、本体と縁のあるものになるのがふつうのようである。

抜丸の方は持ち主がその後も替わり、やがて賀茂氏の一人が所有することになってから、江戸の小烏神社まで持ち運ばれた。抜丸の本体はこの神社の拝殿にちゃんと置かれている。

「それじゃあ、お前たちが仲直りしたところで、どうする。そのままの姿でいるか、それとも、人の姿になるか」

声の調子を改めて、竜晴は二柱の付喪神に尋ねた。

「私はあの医者先生が持ってきた食材で、夕餉《ゆうげ》の支度をしなければなりませんから、人の姿にしてください」

抜丸がすぐにそう応じた。

付喪神たちは食事をしないが、竜晴はもちろん食事を摂《と》る。その世話をしているのは、この抜丸なのであった。

「そうだな。よろしく頼むよ」

竜晴はうなずくと、右腕にのっている小烏丸に目を向けた。小烏丸は心得た様子で、竜晴の右腕から近くの木の低い枝へと飛び移る。

竜晴は右手の人差し指と中指だけを立て、他の指を軽く握るような形を取ると、抜丸の方を向いた。

彼、汝《なんじ》となり、汝、彼となる。彼我《ひが》の形に区別無く、彼我の知恵に差無し

オンバザラ、アラタンノウ、オンタラクソワカ

竜晴はすらすらと呪《じゅ》を唱えていく。

　どこからともなく霧のようなものが現れ、地を這い始めた。抜丸の姿はいったん霧に呑《の》まれて見えなくなったが、竜晴が呪を唱え終わった頃には、霧もすっかり消えていた。しかし、白蛇の姿はどこにもない。

　今、竜晴の目の前に立っているのは、十歳くらいの子供であった。

　ただし、近頃の子供にはめずらしい「水干《すいかん》」という衣服を着ている。それは、胸元で衿《えり》を合わせる小袖と違い、すっぽりと頭からかぶる衣服で、袖口は広く空《あ》いていて動きやすい。下に水色、上に薄い白絹を重ねているので、涼しげに見える。

　髪型は竜晴と同じく総髪で、軽く一つに結わえており、髷《まげ》を結ってはいなかった。格好は少年のものだが、驚くほど色が白く、唇は紅を刷《は》いたように鮮やかであるため、どこか少女めいて見える。

「じゃあ、抜丸。頼んだよ」

　竜晴は子供に向かって言った。抜丸と呼ばれた子供は「かしこまりました、竜晴さま」と答える。

　竜晴はそれから樹上のカラスに目を向け、「お前はどうする、小烏丸」と問うた。

「我はこのままでいい」

抜丸の仕事を手伝おうという気持ちはまったくないらしく、小烏丸はそう答えた。

「そうか」

竜晴もそう答えただけで、抜丸を手伝えとは言わなかった。

「それでは」

と、人の姿をした抜丸が頭を下げて、平屋の中へ入って行き、小烏丸はカラスの姿のまま、もっと高い木の枝へと飛び上がる。

「上野の外へは行くなよ」

竜晴は小烏丸に声をかけた。小烏丸はカアと鳴いて、了解したと答えた。

三

その翌日、よく晴れた春の陽射しの下、泰山はいつものように小烏神社にやって来た。

竜晴は前日と同様、部屋の中にいたのだが、この日の泰山は声をかけてくる様子がない。泰山がやって来た気配は研ぎ澄まされた聴覚で察していた竜晴も、さすがに声をかけてこない理由までは察知できなかった。

ちょうど昼の八つ時（午後二時頃）で、青菜を炊き込んで作った握り飯を食べていた竜晴は、それを一つ食べ終えてから、縁側に出た。

泰山は薬草畑の縁にしゃがみ込んでいる。その姿は別段めずらしくもないのだが、この日はその背中がやけに頼りなく見えた。

「ああ、竜晴」

泰山は振り返り、歯を見せて微笑《ほほえ》んだ。

「どうして声をかけてこなかった？」

竜晴が尋ねると、泰山の笑みが苦笑に変わる。

「声をかけたって、お前はろくに返事をしないだろう」

「そういえば、そうだ」

竜晴は了解した様子でうなずいた。

「それに……」

と、言いかけた泰山はどういうわけか、それ以上言葉を続けなかった。

やはりおかしいと、竜晴は泰山の様子を注意深く見つめた。

「お前、少し痩せたか」

竜晴が尋ねると、泰山は首をかしげた。

「いや、そんなことはないと思うが。私は子供の頃からのっぽだったしな」

「確かにもとから痩せ気味ではあったが、前よりも頬のあたりが薄くなったように見えるぞ」

「そうか。少し仕事が忙しかったせいかもしれない」

そう言った後、自分は大丈夫だとでもいうように、泰山は勢いよく立ち上がろうとした。が、まるで眩暈《めまい》でも起こしたように、額を手で押さえて再びしゃがみ込んでしまった。

「どうした」

竜晴は急いで庭へ下り、泰山の腕に手をかけた。

「……すまないな」

泰山は竜晴に支えられながら、体勢を立て直して謝った。

「具合でも悪いのか」

「少しだけ……ふらふらするんだ」

泰山は小さな声で答えた。

「やはり具合が悪いのだろう」

「いや、たぶん……そういうのではない」

竜晴の手を静かに振りほどきながら、泰山は首を振る。

「では、どういうことだ」

「実は……昨日の朝から何も食っていなくてね」

情けなさそうな声が泰山の口から漏れた。

「何、昨日の朝から？」

そんなに忙しかったのかと訊こうとし、そんなはずはないと、竜晴は思い直した。昨日も泰山はのんびりとここへやって来て、薬草の世話などしていたではないか。そんな暇があるのなら、飯を食えないはずがない。

「……実は、食べられなかったんだ」

「飯を食べられないのは、すなわち具合が悪いということではないのか」

竜晴がさらに問いただしたその時、泰山の腹の虫が控えめな声を上げた。

「ん？」

「いや、すまん」

泰山が腹を手で押さえながら、きまり悪そうな表情を浮かべた。

「もしや、腹が空《す》きすぎてふらついたということか」

驚きの声を上げた竜晴に、泰山が恥ずかしそうに「そうなんだ」と答えた。

「……そんな体で、よくここまで歩いてこられたものだ」

「食べ物以外のことを考えていれば、けっこう何とかなる。それに、一日や二日食べずにいて、この神社まで歩いてきたことは何度もあるからな」

「そうだったのか」

めったなことでは驚かない竜晴だが、この話には久しぶりに驚いた。

「しかし、どうして食べない？」

「食べるものがあるなら、そうしているさ」

泰山は生真面目に答える。その返答に、竜晴は少し目を瞠った。

「それはつまり、食べるものがないということか」

「生憎と、日々の米もままならぬありさまでな」

一度打ち明けると決めてしまったせいか、もはや泰山の表情にきまり悪さはなかった。

「それは、米を買う金がないということか」

その通りだと泰山は白状した。

「しかし、お前はいつも私の分の食材を買ってきてくれるではないか」

「あれは、お前の分だけを買っていたんだ。お前からは金を預かっているからな」

その金を適当にごまかして、自分の分も買ってしまおうとは考えられないらしい。

泰山がそういう男だと知ってはいたが、竜晴は何と言葉を返せばよいのか分からなかった。

「悲しいことに稼ぎがない」

「患者がいないということか」

「いや、患者はいるし、仕事も毎日ひっきりなしにある」

「なら、どうして……」

畳みかけようとして、竜晴は思いとどまった。仕事があるのに稼ぎがない理由に思い当たったのである。

「もしや、金を取っていないのか」

「支払えないという患者から、無理に取ることはできないからな」

と、泰山は真摯《しんし》な口ぶりで言う。金がなくて医者にかかれない病人を泰山が診察していることは、竜晴も耳にしていた。しかし、そんな評判が独り歩きし、もしや泰山は金のない人々からいいように利用されているのではあるまいか。だが、それを教えてやったところで、それならそれでかまわないと泰山が言うことも、竜晴には分かっていた。

「実は、ここで育てている薬草を見ているうち、美味《うま》そうな青菜に見えてきてな。既《すんで》のところで我慢したこともある。それに――」

ふと思い出したように口走った泰山は、そこでおかしそうに含み笑いを漏らした。

「ここの庭で、小さな白い蛇を見かけたことがあったんだが」

突然の泰山の言葉に、竜晴はひそかに息を呑んだ。

「じっと見つめていても、不思議と逃げていかない。初めは、なかなかかわいいもんだと思っていたんだが……」

泰山は竜晴の内心に気づく様子もなく、楽しそうに話し続けた。

「やっぱりその時も腹を空かしていたせいか、食ってみたら意外と美味いんじゃないかと思ってしまってな」

「何だと」

「いや、本当につかまえて食おうとしたわけじゃない。けれど、案外、泥鰌《どじょう》あたりと同じような味なんじゃないかと思えてきてね」

しゃべっているうちに、自分でおかしくなったのか、泰山は明るく笑っているが、竜晴は笑えなかった。うっかり抜丸が捕らえられてしまっては困る。

「泰山、中へ上がってくれ」

竜晴は泰山の腕に手をかけて勧めた。

「私もちょうど腹が空いて、握り飯を食べていたところだ。まだ一つ余っている。よかったら食べていってくれ」

「いいのか。お前が食べようとしていたんだろうに」

泰山は遠慮がちに言うが、今の話を聞いて、一人で握り飯を食べる気にはなれない。

「いや、一つ食べて腹も足りたところだ。残りをお前が食べてくれれば、夕餉にはまた温かな飯が食べられる」

竜晴の言い訳を親切として受け取る気持ちになったらしく、「なら、上がらせてもらおうか」と泰山は言った。

泰山が縁側から居間へ上がると、竜晴はその前に膳を置き直した。

「麦湯を淹《い》れてくるが、後でもかまわなければ先に食べていてくれ」

と言い残し、台所へと向かった。そこでは、今の話をどこで聞いていたものか、人型の抜丸が早くも竈《かまど》で湯を沸かしていた。

「竜晴さまはそこでお待ちください」

用心深く小声で言い、抜丸は新しい湯呑み茶碗《ぢゃわん》を用意し始める。麦湯の支度が盆の上に調《ととの》ったところで、竜晴はそれを手渡された。

「よろしくお願いします」

と言う抜丸の声がどうも微妙であった。

「私、あの方の前には二度と姿を見せません」

抜丸は堅苦しい声で続ける。どうやら、抜丸を美味そうだと言っていた泰山の言葉を聞いてしまったらしい。

「悪気はないのだ。まあ、さほど泰山を悪く思わないでやってくれ」

「あの方に悪気がないことは分かっております」

抜丸は淡々と答えた。

「別にあの方に意地悪をしようとも思っていませんし、薬草の世話も続けます。ただ、あの方には二度と姿を見られぬようにするというだけです」

「まあ、それがいいだろうな」

竜晴もうなずいた。

「はい。その度に小烏丸に大笑いされるのは業腹ですから」

どうやら、先ほどの話を盗み聞いた小烏丸から大笑いされ、機嫌を損ねているらしい。

竜晴はそれ以上抜丸の相手をせず、居間へと向かった。麦湯を持って行くと、すでに泰山は握り飯を食べ終えていた。

「いやあ、実に美味かった。こんなにも美味い握り飯は初めて食べたよ」

他の者の口から聞けば、大袈裟《おおげさ》なおべっかと聞こえそうな言葉も、にこにこと微笑む泰山から聞けば、本心からだろうと思える。

「そうか。それはよかった」

泰山の前に座り、竜晴は穏やかな声で言った。泰山は麦湯を口にし、

「体が温まるな。腹も満ち足りて、今日は実によい日だ」

と、しみじみ呟いた。その人のよい顔を見ていると、つい気になって、

「貧しい人を診《み》てやりたい気持ちは分かるが、お前の患者が貧しい人ばかりというわけではあるまい」

と、竜晴は尋ねた。

「そりゃあ、病は金のあるなしにかかわらず、取り憑《つ》くものだからな」

と、麦湯をすすった後で、のんびりと泰山は言う。

「金持ちの患者は治療代を払ってくれるのだろう？」

「もちろんだ。しかし、金持ちの病は私の出る幕じゃないことが多い」

「どういう意味だ？」

と訊き返した後、ふと、竜晴は思い当たった。

数か月に一度くらいの割合で、泰山が自分の患者を小鳥神社に連れて来ることがある。彼らは体の不調を訴えているのだが、泰山が自分の手には負えないと判断した患者たちである。要するに、よくないものに取り憑かれ、そのために具合を悪く

した人々であった。

彼らは一人残らず、竜晴のお祓《はら》いによって健やかさを取り戻したが、そういえば一様に金持ちであった。そして、彼らはたんまりと礼金を差し出した。しかし、それを受け取るのは竜晴なので、泰山の懐はいっこうに温まらないのである。

「そうか。あの礼金の一部を、本当はお前に渡さなけりゃいけなかったのだな」

今ようやく気づいたという様子で、竜晴が言うと、「いや、それはできない」と泰山はきっぱり断った。

「すべて渡すのではない。案内料として受け取ってくれればいい」

「いや、いくら神に仕える身のお前だって、金は要るだろう。拝殿も古びてきたし、雨漏りがするとも言ってたじゃないか。そういう金だってかかるはずだ」

「お前に金の心配をされたくはない」

竜晴は憮然《ぶぜん》と言い返した。

「少なくとも、私は空腹で倒れてはいないからな」

「私だって、倒れるまではいってはいないぞ」

むきになって、泰山は言い返した。

竜晴が黙って見つめ返すと、さすがに気まずくなったのか、泰山はこほんと咳払《せきばら》いした後、

「実は、ある大店《おおだな》の主人から息子を診てほしいと頼まれたんだ」

と、声の調子を変えて告げた。

「ほう。大店なら治療代を払えるだろうな」

「それは問題ないんだが、私が治せる病じゃなさそうでね。親は息子が悪霊に取り憑かれたと言っている」

泰山は鼻の頭に皺《しわ》を寄せて言う。

「そういうことなら、私のところに連れて来ればいい。案内料はもちろん払う」

「だが、私の考えでは、お前に治せるようなものでもないんだ」

泰山の鼻の頭の皺はますます深くなっていた。

「私にも治せない、とは――？」

「体の病でもなければ、何かに取り憑かれたわけでもない。要するにただの不良なんだよ」

「ただの不良？」

不思議そうに竜晴が訊き返した。

「その息子のことは、昔からよく知ってるんだ。私の幼なじみだからな。ちょっと親に逆らって、好き勝手にふらふら遊んでいるだけだ。親はそれを大袈裟に言っている」

「話にならん」

あきれたように、竜晴は言い捨てた。

「まあ、親がどうしてもと言うなら、お前のところで世話になるかもしれないが、悪霊など憑いていないなら、正直にはっきり言ってやってくれ」

適当なことを言って、親から金を取るという方法もあるだろうに、そんなことは頭の片隅にも浮かばぬらしい。竜晴の頭の中には浮かんでいたが、もちろん実行するつもりはなかった。

「分かった。お前の言う通りにしよう」

竜晴は静かな声で言い、うなずき返した。

二章　寛永寺の大僧正

一

翌日の朝五つ半（午前九時）の頃、小烏神社の薬草畑を白蛇の抜丸がいつものように這い回っていた。

朝餉《あさげ》の後は、部屋の中で書物を読んでいることの多い竜晴だが、なぜかこの日は縁側に腰かけ、抜丸の仕事ぶりを見るともなく眺めている。時折、上野山の方へ頭をもたげ、じっと考え込んでいるような様子を見せたが、何を告げるということもなかった。

「どうかなさいましたか、竜晴さま」

抜丸が畑から這い出してくると、鎌首をもたげ、竜晴に尋ねた。

「やはり何かあるのだな、竜晴。さっきから、上野山の方を気にかけているようだが……」

近くの木の枝から、負けじと口を挟んできたのは、カラスの小烏丸である。

「私は竜晴さまに尋ねたのだ。その竜晴さまが何もおっしゃらぬうちから、出しゃばりカラスが先に口を開くとは何事か」

「何だと！」

白蛇とカラスは睨み合った。

「抜丸も小烏丸も」

その時、竜晴が割って入った。

「一昨日の話は覚えているよね」

穏やかな声で言われると、かえって恐ろしいらしく、抜丸も小烏丸も身を縮めるようにして黙り込む。

「お前たちがしっかりと、私の様子に気を配ってくれているのは分かった。それで、抜丸のさっきの問いに答えるならば、その通りだということになる。上野山の方面で何かが起きた、あるいは起ころうとしている。そんな気がするのだ」

「やっぱり、我の目は節穴ではないな」

小烏丸が満足げに言ったが、抜丸はそれを無視して、

「竜晴さまがおっしゃるのなら、本当に何かが起きるのでしょう。いかがいたしますか。気にかかるのなら……」

と、竜晴だけを相手に話を続ける。が、その言葉は最後まで続けられなかった。

「誰か来る」

小烏丸の鋭い声が抜丸の声に重なった。一瞬の後、小烏丸は空へ飛び上がり、抜丸は縁の下へと這い進む。ややあって、若い娘と少年の二人連れが庭に現れた。

「これは、花枝《はなえ》殿に大輔《だいすけ》殿」

竜晴は、付喪神たちや泰山にも見せぬ晴れやかな笑顔で、二人を迎えた。これは二人に格別な親しみを感じているからというより、二人の家がこの神社の氏子であることに由来する。

「宮司さま、ご機嫌よう」

若い娘が慎《つつ》ましやかに挨拶した。

「あれ、竜晴さま。今、誰かと話してませんでした?」

少年はきょろきょろと辺りを見回しながら尋ねた。

「さあ」

　竜晴はとぼけている。その端整な横顔を、花枝はうっとりと眺めた。

花枝と大輔はこの近くに暮らす姉弟で、家は旅籠を営んでいる。二人ともどうい
うわけか竜晴に懐いて、しょっちゅう姿を見せるのだった。

「あれ、空にカラスが飛んでるぞ」

　大輔が上空の小烏丸に気づいて指をさした。

「カラスなどめずらしいものでもないでしょう？」

　花枝が言い、空を見上げた。

「でも、同じところをぐるぐる回ってる。鳶《とんび》じゃあるまいし、あんなふうに飛ぶカ
ラスはめずらしいよ」

「嫌だわ。獲物を狙っているのかしら」

　花枝が不安そうに呟きながら、辺りを見回している。

「この神社にはカラスの狙うものなどありませんよ。ほら、離れてお行き」

　竜晴がカラスに向かって言うと、カラスは一声、カアと鳴いて飛び去って行った。

「まあ。まるで宮司さまの言葉を理解しているようだわ」

花枝がすっかり感心した様子で、竜晴を見つめる。

「カラスに言うことを聞かせられても、一銭にもならないよ」

大輔が空から目を戻して言った。聞きようによっては失礼な言葉に、花枝が「大輔」と咎《とが》めるような声を出す。

「その言葉はまったく正しいと思うが、銭があったら大輔殿は何をしたいのかな」

竜晴が真面目な顔つきで尋ねると、大輔は小さな溜息を一つ漏らした。

「銭が必要なのはおいらじゃなくて、竜晴さまの方だよ」

「どういう意味だろう」

竜晴は首をかしげた。

「この神社！」

大輔は自分たちの歩いて来た方を指さした。そちらには拝殿と本殿がある。

「もう建て直さなきゃいけないほど、ぼろぼろじゃないか」

「そりゃ、まあ、古いからな」

創建はこの辺りが平将門に支配された時代であるから、ざっと七百年ほども前になる。その後、社殿は何度か再建や補修が行われてきたものの、最後のそれがいつのことだったのか、竜晴も知らない。

「古けりゃいいってもんじゃないよ。どんなに由緒があったって、ぼろぼろの社殿じゃご利益《りやく》なさそうだって思われちゃうじゃないか」

大輔が唇を尖《とが》らせて言った。

「この頃じゃ、本殿と拝殿は雨漏りもしてるみたいだし」

「確かにその通りだが、本殿や拝殿で寝泊まりするわけでなし、私の住まいの方は無事だからな」

「だけど、皆が拝むのは拝殿なんだよ。皆がありがたがって、寄進《きしん》を弾んでくれなくちゃ、この神社はただぼろぼろになってくだけじゃないか」

「大輔ったら！」

恥ずかしくてたまらないという様子で、花枝が竜晴に頭を下げた。

「申し訳ありません、宮司さま。弟ときたら、俗なことばかり申し上げて。神に仕える清らかなお方に、お金のことなどお聞き苦しいだけですよね」

「いや、そんなことはありませんよ。氏子としてこの社《やしろ》を案じてくれる大輔殿の気持ちはありがたい」

「わ、私も氏子として案じておりますわ。この神社と、そ、その……」

花枝の声は上ずっていた。

「もちろん、花枝殿のお気持ちもありがたい」

竜晴は華やかに微笑んだ。花枝は耐えきれぬという様子でうつむいてしまう。

「で、でも、神さまのお住まいが雨漏りというのも、困ったものでございますね」

取ってつけたように呟いた花枝の言葉に、竜晴はううむと唸《うな》った。

「私どもの父にも、寄進するように申しておきますわ」

花枝は顔を上げ、一生懸命に言った。

「いや、それはいけない」

竜晴は生真面目な表情で首を横に振る。

「寄進は強いられてするものではありません」

「けど、寄進を待ってたら、社殿はいつまでもあのままになっちまう」

大輔が口を挟んだ。花枝が睨みつけるのをわざと見ないようにして、

「おいら、実はいいことを聞いたんだ」

と、大輔は竜晴だけを見ながら言った。

「ほう。聞かせてもらおうか」

竜晴が興味を示す。花枝が少し悔しそうな顔をした。

「富くじを作って売るんだ」

大輔は大事な秘密を打ち明けるような口ぶりで告げた。

「当たりくじは二十本に一本くらい出せばいい。くじ一枚の二倍、三倍、五倍くらいの当たりを混ぜときゃ、欲の皮の突っ張った連中が買ってくれるさ。そうすりゃ、こっちは当たりくじの分を差し引いても、儲《もう》けはたんまり。それを使って社殿の修繕をするんだ」

どんなもんだ——と言わんばかりの得意顔で、大輔は言い終えた。

「それは、詐欺ではないのか？」

一呼吸置いた後で、竜晴が問う。

「そんなことないよ」

大輔は一生懸命言った。

「今じゃ、金に困ってる神社はどこでもやってるって話だぜ」

「どこでもやっているから、うちもやっていいということにはなるまい」

「宮司さまのおっしゃる通りですわ」

花枝が大袈裟な口ぶりで竜晴を擁護《ようご》した。

「余所《よそ》がどうあれ、小鳥神社の宮司さまのお名を汚すようなことをしてはなりませんもの」

ほら見なさい――とでもいうような花枝の横顔を、大輔は睨みつけたが、花枝は素知らぬふりをしている。

「富くじはともかく、雨漏りの方はまあ、梅雨の頃までにはおいおい……」

竜晴はそんなことを言い、その話は終わった。買い物のついでに寄ったという花枝と大輔は、それで帰って行った。

その帰り道のこと。小鳥神社の小さな鳥居を抜けてすぐ、

「大輔っ」

花枝はいきなり声を張り上げ、弟の頭をぽかっと叩いた。

「いってえな。何すんだよ」

大輔が頭をさすりながら、花枝を睨みつけた。

「竜晴さまに失礼なことばかり申し上げて。あの方はあんたみたいに俗にまみれていないの。何もかもがきれいなお方なのよ」

そう言って、花枝はうっとりとした表情を浮かべた。

「そりゃあ、まあ、姉ちゃんの何倍もきれいだけどさ」

花枝が、大輔には鬼のように見える顔を向けてきたので、

「何だよ。また、叩こうっていうのか」

大輔は頭を手で防ぎながら訊いた。

「叩きたいけど、叩かない」

「何だよ、それ」

「あんたの言葉に腹は立つけど、本当のことだから、叩かないでいてやるのよ」

悔しそうに花枝は言った。

「姉ちゃんさあ」

大輔はまじまじと姉の顔を見つめながら、おもむろに言い出した。

「竜晴さまの前で猫かぶるの、もうやめたら？」

「何でよ」

「だって、かぶり続けるわけにもいかないだろ。いつか、ぼろを出すぜ」

「だったら、あの方の前で、今みたいにあんたを叩いたりののしったりしてみせろって言うの？」

「別にそこまで言ってねえけどさあ」

あきれたように、大輔は呟いたが、花枝の耳には届いていないようであった。

「そ、そんな真似《まね》できるわけないでしょう？　あんなにも、おきれいなお方の前で」

花枝は頰を両手で押さえながら、頭を振っている。

大輔は、はあっと大きな溜息を漏らした。

二

小烏丸は竜晴から、離れているようにとの指示を受け、神社の上空から飛び去らなければならなくなった。

「どうしてカラスが神社の真上を、ぐるぐる飛び回っていてはいけないのか」

小烏丸は文句を言った。

「竜晴も竜晴だ。どうせ追い払うなら、あの招かれざる客人たちを追い払ってくれればよいものを」

しかし、竜晴から離れろと言われれば、絶対に従わねばならない。

「竜晴の言葉には逆らえないからなあ」

カアー―と不服そうに鳴いて、小烏丸は適当に飛び上がった。

竜晴の言葉に小烏丸が逆らえないのは、竜晴が賀茂氏の血を引くからである。

賀茂氏とは、葛城山に鎮座する「悪事も一言、善事も一言、言い離《はな》つ神」――すなわち一言主命《ひとことぬしのみこと》と縁の深い一族である。

言霊《ことだま》を操る力に特に秀で、千年以上もの間、その血脈を保ってきた。その間には、何の力も持たぬ者が生まれることもあったが、逆に神の力をそのまま受け継いだような逸材も生まれた。一言主命を使役したと伝わる役小角などがよい例である。

竜晴もまた、幼い頃よりその才を発揮した逸材だった。

そのことを察した竜晴の父竜匡《たつおみ》は、竜晴の教育を付喪神たちに任せるようになった。抜丸が竜晴の世話を焼きたがるのも、小烏丸が竜晴に偉そうな口を利くのも、その当時のことがあるからだ。

しばらくは何事もなく、竜晴はその才を伸ばしていったのだが……。

――あの子は人の情けを解さぬのではあるまいか。

ある時、竜匡はそう不安を口にした。

小烏丸も抜丸もその懸念の意味するところを理解できなかった。そして、竜匡も何の手も打てぬまま、それから間もなく亡くなってしまった。

小烏丸たちが竜匡の不安を本当に理解したのは、その亡骸《なきがら》を前にした時である。

竜匡が亡くなった時、竜晴は七つだった。それまでまともに外へ出たこともなければ、父親以外の人間ときちんと話したこともない。

力の正しい使い方を学ばぬうちから外へ出すわけにはいかぬと、竜匡が外出を禁じたのである。また、神社へ来る氏子らにも会わせなかった。

竜晴は付喪神二柱だけを話し相手として育ち、特に不満や不足を感じているようには見えなかった。

「父上はどうなさったのだ」

動かぬ父の亡骸を前に、竜晴は付喪神たちに尋ねた。

付喪神二柱は「人は死ぬ」ということを説明した。それ以前に、竜晴は母親を亡くしていたが、物心もつかぬ頃のことであったため、竜晴が人の死を間近に見たのはこれが最初であった。

「よく分かった」

竜晴は聞き終えると、すっきりした様子で言った。

「つまり、ここに横たわるのは父上の抜け殻で、魂を持たぬモノであり、何の役にも立たぬしろものということだな」

抑揚のない竜晴の言葉に、小烏丸はどう返事をしていいか分からなかった。

「お前たちはもともと魂を持たぬモノだったが、魂を得た。父上の体は魂を持っていたのに、それを失《な》くした。つまり、お前たちより劣るモノになったというわけだ」

竜晴は続けて、「それを片付けておいてくれ」とあっさり告げた。

「それって、竜匡のことを言っているのか」

さすがに仰天して小烏丸は訊き返した。すると、竜晴は不思議そうな表情で言い返したものである。

「それは父上ではない。どうして、それを父上の名で呼ぶのだ?」

その言葉を聞いた時、小烏丸は抜丸と顔を見合わせ、竜晴が他の人間たちとは明らかに異なることを理解した。

付喪神とて何百年と人に接していれば、人情を理解できるようになる。身近な人に死なれた人間がどういう気持ちを抱き、どういうふうに行動するか、大方分かっていた。そして、これまで竜晴のような態度を示した人間など、見たことがなかった。

竜匡が案じていたのはこのことだったのだ。

竜晴がこの先、誰とも接することなく、一人で生きていくというのならそれでもいい。しかし、竜匡亡き後、心配してやって来る氏子たちと会わぬわけにはいかないし、彼らが差し伸べてくれる手を拒むわけにもいかないだろう。付喪神たちが世話をしてくれるから大丈夫ですとも、まさか言えまい。

小烏丸と抜丸はそれから竜晴に、人の情けを教え始めた。無論、言葉で説いたのであり、それ以外の方法はなかった。

その都度、竜晴は「よく分かった」と言い続けた。実際、頭では完全に理解しているものと思われた。だが、心の芯に刻まれたかどうかまでは確かめようがない。

「後は、実際に人と交わって身につけていくしかあるまい」

小烏丸が言い、抜丸も不安そうな表情をしつつも賛成して、竜晴は氏子たちと付き合うようになった。

以来、人と付き合う時にはこうするものだという小烏丸たちの教えを、竜晴は正しく守り続けている。

つい先ほども、氏子の娘とその弟相手に、満面の笑みを浮かべていた。決して不自然には見えなかったはずだ。

竜晴はふつうの人と同じように自然に振る舞い、今のところ決定的な失策は犯していない——小烏丸たちはそう信じていた。

「竜匡が死んだ頃に比べれば、竜晴は変わったよなあ」

小烏丸は空を飛びながら、独り言を呟いていた。

「腹を空かせた医者先生を心配している様子など、本心からのように見えたぞ。我の教えがよかったからだな」

満足げに続けた小烏丸は、「いや、もしかしたら本心からだったのか」と思いついて愕然《がくぜん》とした。

困っている人がいたら、自分にできる範囲、相手が嫌がらない範囲で親切にしてやるものだ——竜晴にそう教えたのは小烏丸たちであり、竜晴はそれを実践しているのだと思っていた。が、もしも本気で泰山のことを心配していたのなら、それは竜晴が本当の人情を知ったということなのかもしれない。

なぜかもやもやした心地がする。

「いや、そうだとしたら、それこそ我のお蔭《かげ》というものではないか」

竜匡にも竜晴にも感謝してもらわなければならないところだ。強気なことを考えながら飛んでいくうち、眼下に上野山の森が現れた。この広々とした森が小烏丸は大好きだった。

取りあえずは上野山で、羽を休められる枝ぶりの木でも探そうか。

「そういえば、さっき、竜晴が上野山の方を気にしていたな」

ならば、まずは我が偵察してやろうと、小烏丸は考えた。しかるべき知らせを持ち帰ったならば、きっと竜晴は褒めてくれるに違いない。そうなれば、竜晴はあの憎らしい白蛇よりも我のことを大切にしてくれるはずだ。そんな都合のよいことを考えながら飛んでいると、何か自分の意思とは関わりない強い力を感じ、小烏丸はそちらへ目を向けた。

寛永寺《かんえいじ》が建てられて以来、人々の行き来が増え、整備された上野山の道を、二本差しの侍が歩いて行く。後ろには家臣らしき男が一人付き添っていた。

小烏丸は二本差しの侍から目をそらすことができなかった。どうして、その侍がこうも気にかかるのか分からない。ただ、目に見えぬ強い力が働いて、つい引き寄せられてしまうのだ。

やがて、侍は寛永寺へ向かった。門番と言葉を交わした後、境内へ入っていく。

小烏丸は上空から侍を追ったが、間もなく二人の姿は庫裏《くり》の中へ消えてしまった。さすがに、カラスの姿で建物の中へは入れない。こんな時、人の姿に変身できたらいいのだが、小烏丸の力ではどうにもできぬことであった。

仕方がないので、庫裏に最も近い木の枝にふわりと舞い降りる。

「どうして、我はあの男が気にかかるのか」

小烏丸は枝の上で自問自答した。

「ふうむ。もしや、誰かに似ているのか」

「いや、知り合いの中に、あのような者はおらん」

「いやいや、待てよ。我の失くした記憶の中に、あの男がいるのかもしれん。そうだ。だからこそ、こんなにも心が揺れ動いて……。んん？」

気がつくと、小烏丸が止まっている木の下に、人が集まってきていた。頭を丸めた僧侶もいれば、下働きの男もいる。その誰もが小烏丸を見上げていた。中にはあからさまに指をさす無礼者もいる。

どうやら独り言を声に出してしまっていたようだ。そして、小烏丸の言葉は、竜晴以外の者たちには「カア」と聞こえるのである。

「どうやら我は注目を集めてしまったようだ。まずいことになっているのか？」

小烏丸は再び独り言を口にした。下の人間たちが「また鳴いたぞ」と騒いでいる。カラスが鳴いたくらいで何だ、と思ったが、人々の声が続けざまに聞こえてきた。

「大僧正《だいそうじょう》さまのお住まいの近くに、カラスはよくない。大体、ああも鳴き続けていては、とんだご迷惑だ」

「まことに。真っ黒なあの姿、何と不吉なことか」

「大僧正さまのお目に触れる前に、さっさと追い払ってしまえ」

小烏丸は目を剥《む》いた。

「何という無礼な！　この我に対して、ただの人ふぜいがようも言ってくれる」

カア、カア、カアと立て続けに鳴くと、人間たちはさらにやいのやいのと騒ぎ出した。

やがて、竹竿《たけざお》のようなものを持ち出してくる者がいたが、小烏丸は悠然《ゆうぜん》と飛び上がり、高い木の枝へと移った。そこから「愚か者め」と鳴いてやると、彼らには「カア」としか聞こえないはずなのに、馬鹿にされたと分かったのか、人間たちが顔を真っ赤にして怒り出す。

竹竿を持ってきた男がそれを振り回しながら、「下りてこい、不吉なカラスめ」と怒鳴り出した。

小烏丸が相手にしないでいると、やがて、庫裏の中から袈裟《けさ》を着た人物が現れ、縁側に立った。その僧侶は事情を察すると、まっすぐ小烏丸を見据えてきた。小烏丸も何の気なしにそちらを見た。

その途端、異変が起きた。

「これは！　どうしたことか」

体が自在に動かせないのである。

金縛りの呪にかけられたのだ、と小烏丸は理解した。

しかし、術者はどこにいるのだろう。印を結んでいる者も、呪文や真言を唱えている者も見当たらない。

――魂《こん》捕らわれたれば、魄《はく》また動くを得ず。影踏まれたれば、本《もと》つ身《み》進むを得ず。

ノウマクサンマンダ、バザラダンカン……

小烏丸は陰陽師と呼ばれる者たちが、こうした言葉を唱えることで、霊魂ばかりでなく人間の身をも縛って動けなくするのを何度も見てきた。印を結んで呪を唱えるのが本来のやり方だが、中にはそれをしないでも術をかけられる凄腕《すごうで》の者もいる。だが、賀茂氏の陰陽師ならばいざ知らず、その血筋でもない者がそんな力を持つことがあろうか。

寸の間にそれだけのことを考えた小烏丸は、次の瞬間、首をめぐらせることもできない体で、術者の居場所を探り当てた。というより、その本人から目をそらせないのである。

（この僧侶め、我を見据えただけで）

金縛りの呪にかけたというのか。何という法力。

小鳥丸はその直後、止まっていた木の枝から真っ逆さまに落下した。体は動かぬままであり、自分ではどうすることもできない。

このままでは地面に体を打ち付けてお陀仏《だぶつ》だ。

（ああ、まだ本《もと》つ身《み》を捜し当ててもいないのに……）

そう思った時、小鳥丸の体は硬い地面よりはまともな何かに受け止められた。それは、小鳥丸を金縛りにかけた当の僧侶の腕であった。思わずぎょっとしたが、どれほどじたばたしたところで、呪を解かれていない小鳥丸は目を閉じることさえできない。

それにしても、庫裏の縁側に立っていた僧侶が、どうして小鳥丸の止まっていた木の真下にいるのか。六十は超えて見える老人の身で、並々ならぬ早業であった。

先ほどから木の下に集まっていた他の者たちも、この老僧の動きに驚いたようであったが、それを言葉にする者はいない。

ややあってから、竹竿を振り回していた男が老僧に向かって口を開いた。

「そのカラスめはどういたしましょうか」

小烏丸は震え上がった。

「殺生も折檻《せっかん》もならぬ」

袈裟を着た老僧は厳《おごそ》かに告げた。

聞く方の者たちはすっかり恐れ入った様子で、かしこまっている。

「再び飛べるようになるまで、拙僧が預かろう」

「ですが、大僧正さまが御自らカラスめの世話をなさるなど」

自分たちに渡してくれと言わんばかりに、下働きの男が進み出たが、老僧は首を横に振った。

「かまわぬ。それに、世話も何も、しばらくすれば自分で飛び立てるだろう」

大僧正と呼ばれた老僧は、ほのかな笑みを浮かべながら小烏丸を見た。再び目が合った時、小烏丸は心底から恐ろしい人間につかまってしまったと観念した。

それから半時（約一時間）余り後。

小烏神社では、竜晴が一通の書状を前に置き、首をかしげていた。そして、書状を差し挟む形で、竜晴の前には人型の抜丸が正座している。

「さて、これはどうしたものか」

竜晴が書状とにらめっこしたまま呟いた。

――貴殿の大事なるもの預かれり。寛永寺までただちに来られたし。

差出人は「天海《てんかい》」としたためられていた。

「寛永寺の天海大僧正は、食えぬお人だからな」

竜晴は唸るように呟く。

「竜晴さま」

抜丸がその時、思い切った様子で口を開いた。

「ここに書かれている『大事なるもの』とは、やはりあれのことでしょうか」

竜晴は書状に向けていた目を抜丸に移し、「まあ、そうだろうな」とうなずいた。

「小烏丸はまだ戻っていないんだろう？」

抜丸は苦々しい口ぶりで「はい」と答えた後、

「あいつはいつも、肝心のところでへまをやらかすんだ」

と、小声でぼやいた。

「おそらく寛永寺近くの森を飛び回っていて、つかまったんでしょう」

「しかし、小烏丸とて曲がりなりにも付喪神だ。強い呪力、法力を持つ者がいれば、遠くからでも分かるはず。そういう場所には近付くなと言ってあった。そうでなくとも、あいつが自分から危険なところへ近付くとは思えないのだが」

竜晴はそこが解《げ》せないと、もう一度首をかしげた。

「竜晴さまのおっしゃる通りです。あいつだって、判断する力がいつもの通りであれば、寛永寺などへ近付かなかったと思います。上野山はあいつのお気に入りでしたけれど、寺には何となく近付きたくないと言っていましたから。きっと油断があったのでしょう」

「つまり、判断を鈍らせるような何かを目の前にぶら下げられ、小烏丸はつかまったというわけか。それが、大僧正の罠《わな》だったのか、たまたまのことだったかは不明だが」

「まったく情けない奴《やつ》です」

抜丸が憤懣《ふんまん》やるかたないというふうに言う。しかし、ほんの一呼吸置いた後、竜晴の顔をうかがうようにしながら、「それで、竜晴さま」と呼びかけた。

「あいつのこと、どうなさるおつもりですか」

竜晴は黙って抜丸の顔をじっと見つめ返した。

「いえ、これはもう、あいつが悪いのであって、竜晴さまから見捨てられたところで、文句なんか言えない筋のことなんですが……」

抜丸はそれまでになく慌てた様子で、しどろもどろになりながら懸命に言った。

竜晴はにっこりと笑った。

「いくら小烏丸に非があるとしても、見捨てるわけにはいかないだろう」

竜晴がそう言うと、抜丸はぱっと顔を輝かせた。

三

その後、さらに半時ほどが経《た》った頃、竜晴と抜丸は上野山にいた。

天海大僧正から届いた書状に従い、寛永寺へ向かったのだが、山中が何やら物々しい。寛永寺の警固《けいご》をする侍たちが見られるのはいつものことだが、今日は侍たちの様子が殺気立って見える。

寛永寺の門前の警固は並々でなく、竜晴は誰何《すいか》を受けた。

「近くの小烏神社の神職、賀茂竜晴と申します。大僧正さまより書状が届き、伺いました」

竜晴は懐から例の書状を取り出した。緊張した面持ちになった門番は、真剣な眼差しで中身を検《あらた》め始めた。

「ふむ。確かに大僧正さまの花押《かおう》である」

それから、門番は竜晴の姿を頭からつま先まで点検し、さらにその後ろにも目をやった。

「小烏神社神職の賀茂殿お一人ということでよろしいな。供の者は連れて来られなかったのか？」

「うちは古いだけが取り柄の神社でして。神職は私一人なものですから」

「見習いの者も置いておらぬのか」

「はい、さようです」

怪訝《けげん》そうに訊く門番にさらりと答え、竜晴は寛永寺の門をくぐった。その後ろを、抜丸が澄ました顔でついて行く。門番は竜晴を見送った後はすぐ、体の向きを元に戻し、見張りの仕事に戻った。

寛永寺の境内はさすがに外の騒々しさとは違って、ひっそりと静まり返っている。

「竜晴さま」

門番とかなり距離を取り、話し声も聞こえない場所に至ってから、抜丸は声をかけた。

「山に穢《けが》れがあった模様です」

「そのようだな。嫌な気配が漂っている」

竜晴が顔をしかめながら低い声で応じた。

「やはり今朝方、竜晴さまが異変を感じていらっしゃったことが……」

抜丸が不安げに呟いたが、竜晴はもう何も答えなかった。

きれいに掃き清められた石畳の道を進むと、やがて庫裏が見えてきて、玄関には取り次ぎ役の小僧がいた。竜晴が名乗ると、

「大僧正さまより伺っております。御前へご案内いたしますので、どうぞ中へお上がりください」

と、手際よく応対してくれる。

竜晴は草履《ぞうり》を脱ぎ、中へ入ったが、抜丸もまたその後へ続いた。ただし、その足は履物を履いておらず、裸足《はだし》のまま屋内へと上がり込む。が、抜丸が通った後の廊下に足跡がつくことはなく、また、小僧が抜丸の姿に気づくこともなかった。

やがて、長い廊下を二回曲がった後、浜辺の松林が描かれた大きな襖《ふすま》の前で、小僧は足を止めた。

「大僧正さま。賀茂さまがお見えになられました」

小僧が奥へ向かって声を放つと、

「お通ししなさい」

という落ち着いた声が中から聞こえてくる。小僧は促すような目を竜晴に向けてから、襖を静かに開けた。竜晴が礼を言って襖口を通ると、当たり前のように抜丸もその後に続く。しかし、竜晴が通り抜けた途端、小僧が外から襖を閉めにかかったので、抜丸は竜晴にぶつかりそうになりながら、慌てて襖口を抜けた。

その様子を中からじっと見ていたのは、小烏丸を捕らえた天海大僧正である。

「お一人ではないようですな」

天海は座るように勧めた後、竜晴と抜丸を交互に見つめながら微笑んだ。

「ご無沙汰《ぶさた》しております、大僧正さま」

竜晴は悠然と挨拶の言葉を述べた。

前に会ったのはもう三年ほど前のこと。

賀茂氏の血を引く竜晴に興味を抱いた天海が、自分に力を貸してくれれば代わりに小烏神社を保護しよう、と申し出たことがあった。しかし、それに対する竜晴の返事は、「私は人の下で働くつもりもなければ、神社のことで人の助けを借りるつもりもありません」という、にべもないものだった。それを最後に、二人が再び顔を合わせることはなかったのである。

この時、かなり気まずい形の別れ方をしているにもかかわらず、天海も竜晴もそんなことがあったとはおくびにも出さない。

「やはり、大僧正さまには付喪神がお見えになりますか」

竜晴はにっこりと天海に微笑み返した。

「門番のお侍さまも小僧さんも、抜丸が見えないようでしたが」

「生憎と、拙僧には見えますな。初めに訊いておきたいのだが、その付喪神を連れて来たのは何ゆえですかな。見れば、拙僧がお預かりしているものと同じふぜいを感じるが」

床の間を背に座っている天海の傍らには、座布団が置かれ、その上にちょこんとのせられているのは一羽のカラス――付喪神の小烏丸である。

小烏丸は鳴いたり羽ばたいたりするのは無論のこと、目を動かすことさえできぬありさまだった。

「大僧正さまがお助けくださいましたこと、まことにおそれ多く……」

竜晴は大して恐れ入った様子でもなかったが、口先だけは丁重に礼を述べる。そして軽く頭を下げた後、鋭い眼差しで天海を見据えた。

「どうやら不動の術にかけられている模様。大僧正さまの御業《みわざ》とは分かりますが、どうしてこの付喪神が私のもとにいるものだとお分かりになられましたか？　付喪神が大僧正さまに話しましたか」

竜晴の物言いは後ろに座る抜丸をはっと緊張させるものであったが、天海はまるで動じない。

「いや、拙僧がこの腕に抱えた時から、このカラスの付喪神はこうした状態でしたのでな。話もしておらぬ。しかし、話をしてみるのも面白かったかもしれぬ」

天海はかすかな笑い声を漏らした。

「まあ、この付喪神の強い思念は身に触れるだけで分かりましたぞ。この者は貴殿の姿一つを強く念じておりましたのでな」

「それで、私のもとへ書状を遣《よこ》されたというわけでしたか」

「さようですな」

天海は小烏丸に術をかけたことについては触れず、しれっと答えた。

「私をお招きくださったのは、この付喪神をお返しくださるためですか。それとも、ご自分に譲ってほしいというご要望ですか」

竜晴が淡々と述べると、小烏丸の黄色い目が不意に翳《かげ》りを帯びた。とんでもない話だ、と抗議しようにも、今の小烏丸は何一つ言い返せない。

その時、天海が、ははっと声を上げて笑い出した。

「拙僧に譲っていただけるというのであれば、ありがたいことこの上ない。されど、この付喪神自身が了解できぬ様子。拙僧とて、嫌がるものを無理に手もとに置こうとは思わぬ。とはいえ、このまま黙ってお返しするのも惜しい」

思わせぶりな天海の物言いに、竜晴はすぐさま反応した。

「大僧正さまのために力を貸せということでしょうか」

「前に、その申し出を蹴られたことは忘れておらぬ。ゆえに、ずっととは申しますまい。ただ、これからお話しする事件が解決するまで、ということでいかがかな」

承知していただけるなら、すぐにでも付喪神をお返しいたそう、と天海は続けた。

竜晴は表情を変えぬまま、天海から小烏丸へ目を向け、再び天海へ目を戻した。

「よろしいでしょう。それ以外に方法はなさそうです」

「賢いご判断ですな」

天海は満足そうにうなずいた。

「まずは、私のものをお返し願いとう存じます」

竜晴はいまだに動けぬ小烏丸にちらと目を向けた後、天海を見据えた。

天海は苦笑し、人差し指と中指を立てた形の右手を上げると、それを小烏丸に向けて「解《かい》」と唱えた。

たちまち、小烏丸は座布団の上でばたばたと羽を動かした。それはまるで水に溺れてでもいるような様子と見えたが、少しすると落ち着きを取り戻し、

「竜晴ぃー」

と、小烏丸は叫びながら竜晴のもとへ走り寄り、その膝の上に飛びのった。

「小烏丸、何という情けない姿だ。竜晴さまにご迷惑をおかけするなんて、付喪神の風上にも置けぬ」

何も言わない竜晴に代わって、抜丸が小烏丸を説教する。小烏丸はふだんなら負けずに言い返すところだが、今は喜びと安堵《あんど》感が大きいせいか、あるいは抜丸の言葉すら耳に入っていないのか、何も言い返さなかった。その潤んだ二つの目は、ただ竜晴の顔をじいっと見上げている。

天海はその様子を興味深そうに眺めていたが、すぐに顔を引き締めると、

「次は、拙僧の話を聞いていただこうか」

と、声の調子も変えて切り出した。竜晴は小烏丸を膝にのせたまま、黙ってうなずき返した。

「実はつい先ほど、ある事件が発覚した。この上野山へ来られた折、賀茂殿も不穏なふぜいを察したと思われるが」

「確かに警固が物々しい様子でした」

竜晴はうなずいた。

「これはまだ内聞に願うが、今朝、不忍池《しのばずのいけ》のほとりに若い男の首が埋められているのが見つかった。明らかに埋め直した跡が見られたので、発見は早かったのだが、何と、顔が千代田のお城の方を向くように埋められていたという」

天海の声には、怒りとやり切れなさとが滲《にじ》んでいた。

「若い男の首……ですか」

竜晴は考え込むように呟いた。

「胴は見つかっておらず、男の素性も分からない。ただ、仏には違いないゆえ、この寺に運び、拙僧が供養の経を上げることといたした。拙僧が見るところ、亡骸の首から邪念のごときものは感じなかったが、確かかどうか不安もある。ゆえに、まずはそれを貴殿に確かめてもらいたい」

「分かりました。首はこの寺の境内にあるのですか」

「これより、その御堂《みどう》へ案内しよう」

きびきびと告げて、天海は竜晴より先に立ち上がった。

「付喪神たちはいかがいたしましょう」

竜晴が尋ねると、つかの間、天海は考えをめぐらし、「人の首を見ても平気だというのなら連れて来られるがよい」と告げた。竜晴は「ならば連れて行きましょう」と、付喪神たちの意向を尋ねることはせず、すぐに答えた。

竜晴はこれまた何も問わずに、膝の上の小烏丸を抜丸の手にひょいと託した。抜丸はしずしずとカラスを受け取ったものの、小烏丸と目が合うなり、迷惑そうな色を隠しもせず、ふんっと目をそらした。小烏丸は小烏丸で、抜丸の態度に色をなす。が、その場で言い争うことはせず、抜丸は小烏丸を腕に抱え上げた格好で、天海と竜晴の後に続いた。

やがて、一行の前には本堂が見えてきたが、天海の足は本堂へは向かわず、そこを通り抜け、庫裏からさらに遠く離れた西奥にある小さな御堂へと向かった。

「ここになります」

天海は竜晴にそう言い、自ら戸を開きにかかった。竜晴もその後を追い、天海と共に戸を引き開ける。

「中は暗いゆえ、戸は開けたままお入りくだされ」

天海の言葉に従い、竜晴と付喪神たちは御堂の中へ入った。

正面の奥には観音菩薩が祀られている。その前に小さな台が置かれ、木箱が載せられていた。

天海はその前に正座すると、まず数珠《じゅず》をまさぐって観音菩薩に手を合わせた。それから、木箱に膝を進め、その蓋を静かに開けた。

箱は特別な仕様で、側面の板の一枚がはめ込み式となっている。蓋を外すと、側面の一枚を上に押し上げて外せる仕掛けであり、そこが首の正面になっているのだった。首は仏像の方に向けられていたので、天海は板を外すと、下の台ごと向きを反対にした。

「とくと御覧あれ」

天海は言い、体を脇へ寄せて、木箱の前の場所を空けた。竜晴はその場に座り、抜丸が小烏丸を抱えたまま、その脇へ座り込む。

竜晴と付喪神たちは無言でその顔をじっと見据えた。年齢は二十代前半と見える若者で、町方風の髷を結っている。顔は土気色だが、端整な顔立ちをしていた。

ややあって、竜晴は右手を差し伸べると、男の額に人差し指と中指をそっと触れさせた。骸《むくろ》の言い知れぬ冷たさが肌を通して伝わってくる。竜晴は何かを読み取ろうとするかのように、静かに目を閉じた。

しばらくの間、沈黙が続いた。やがて、竜晴がゆっくり目を開けると、

「竜晴、知った顔なのか」

遠慮がちな様子で、小烏丸が声をかける。

「いや、私は知らぬ」

竜晴はすぐに答えた。

「だが、私のよく知る人物を、この人も知っているようだ」

「それはどういうことか」

付喪神たちより先に、天海が驚きの声を放った。

「この方の思念をいくらか読み取りました。もっとも私の了見していないことは読み切れないのですが」

「つまり、互いに同じ人物なり物事なりを知っていれば、はっきりつかめるが、そうでないと分からないということですな」

「はい。どうやら、この方は病を治したいと強く思っていたようです。自分自身が病持ちだったか、身内に病人を抱えていたか、あるいはそういう仕事をしていたの

かもしれません」

「たとえば、医者や薬売りというような？」

緊張した面持ちで問う天海に、無言でうなずき、竜晴はさらに続けた。

「その思念をたどっていくと、どうやら私の知り合いと思われる人物の『気』を見《み》出《いだ》しました。その者が医者をしております」

「えっ、あの医者先生？」

抜丸が頓狂な声を放ったが、天海の耳には入っていないようであった。

「その医者にこちらへ来てもらい、顔を検めてもらうことはできますかな」

「すぐに知らせが届くかどうかは分かりませんが、もちろん事情を話せば力を貸してくれるでしょう。そういう男ですから」

「それはよかった」

天海は心から安堵したという様子で、大きく息を吐き出した。

「では、そちらはお頼み申す。役人たちには引き続き、胴の探索を進めてもらうことにいたそう」

そこで、天海はふと表情を改め、竜晴を見据えた。

「ところで、この首の主から怨念や邪念は感じ取られたか」

「いえ、大僧正さまと同じく、私もそういったものは感じ取れませんでした」

「そう言ってもらえると、拙僧の力も捨てたものではないと思える。しかし、埋められ方が埋められ方だ。この首の男本人ではなく、首を埋めた者の方に深い怨念があるやもしれぬ」

「つまり、これは呪詛《じゅそ》とお考えなのですか」

竜晴の問いかけに、天海はやや躊躇《ちゅうちょ》したものの、やがては苦々しげにうなずいた。

「顔がお城に向けて埋められていたと申したが、目はしかと見開かれていたのだ」

竜晴は目の前の首にもう一度目を戻した。今は瞼《まぶた》を伏せているが、天海がそのようにしたのであろう。

「大僧正さまは、この人を埋めた何者かが、お城の主《あるじ》つまり将軍家を呪詛しているとお疑いなのですか」

竜晴が天海に目を向けて問うと、天海は再びうなずいた。

「あってはならぬことだが、それも考えの内。何しろ、この上野は江戸の鬼門に当たる土地ゆえ」

風水において、北東は鬼門であり、ここから悪霊なり物《もの》の怪《け》なりが侵入するのを防がなければならぬ重要な場所である。寛永寺が上野に建てられたのも、つまりは千代田の城、ひいては江戸の町を守るためなのであった。

これは京の都において、比叡山《ひえいざん》に延暦寺《えんりゃくじ》が建てられたのと同じことである。そのため、寛永寺は東の叡山――「東叡山《とうえいざん》」という名を冠されていた。

「よしんば呪詛でないまでも、何らかのまじないや祈禱《きとう》の類《たぐい》と考えざるを得ぬ。拙僧は将軍家をお守りする立場として、決して見過ごしにはできぬ」

いつになく怒りのこもった口ぶりで、天海は続けた。

「分かりました。この一件の解決に向け力を尽くすこと、お約束いたします。ただし、これにて大僧正さまとの取り引きは終わると思ってよろしいのですね」

「一度約したことを違《たが》えたりはいたさぬ」

天海は確かな口ぶりで請け合った。

「では、私はこれにて。知り合いに話がつきましたら、また伺おうと存じます」

竜晴はそう言って話を打ち切ると、ゆっくり立ち上がった。天海が箱の板をはめ直し、蓋をしっかりとかぶせるのを待ってから、そろって御堂の外へ出る。

「これをお持ちくだされ」

御堂の戸を閉めたところで、天海が懐から一通の書状を取り出して竜晴に渡した。

「これを持つ者に対し、あらゆる便宜を図るようにと記してある。この寺へ入る時は無論、役所や番所を訪ねた時も、これを見せればよろしい」

竜晴は書状を受け取ると、中身を確かめることなく懐に収めた。

「念のため、首が発見された現場を見てから帰りましょう。不忍池のほとりでございましたね」

「さよう。まだ役人がいるかもしれぬが、その書状が役に立とう」

「分かりました。では、失礼いたします」

竜晴はその場で天海と別れると、付喪神たちを引き連れ、門へ向かって境内を進んだ。

四

「さて」

門に至る前、周囲に人の姿がないことを確かめ、竜晴は足を止めた。

それを待ち構えていたかのように、カラスの形《なり》をした小烏丸は抜丸の腕から竜晴の肩へ、ひょいと跳び上がった。

「我のせいで、厄介ごとを押し付けられることになり、すまぬ」

いつになくしおらしい小烏丸に、抜丸が「まったくです」とすかさず言う。

「竜晴さまが誰かの言いなりにさせられるなど、腹立たしい限りだ」

つけつけと言い募る抜丸に、「しかし、我にもいろいろと事情が……」と言いかけた小烏丸は、抜丸に睨まれて口をつぐんだ。

「まあ、済んだことは仕方がない。大僧正につかまった経緯は後でゆっくり聞くとして、まずは不忍池だ。抜丸はこのまま供をしてもらうとして、小烏丸、カラスのお前が私の近くにいるのは人目を引く。お前は先に飛んで帰るか?」

竜晴の言葉に、小烏丸は「えーっ」と情けない声を出した。

「そのう、どうしても飛んで帰れと言うなら、そうするが」

小烏丸が遠慮がちながらも、未練たっぷりに言う。ただ、その声にはどこか不安が混じっていた。

「羽がある奴は飛んで帰ればいいんです。さすがに今日の今日、寄り道はしないでしょう」

皮肉たっぷりに言う抜丸に、小烏丸が恨めしそうな目を向けた。

「私は、どっちでもいいんだが……」

竜晴はちらと横目で小烏丸を見やりつつ、「お前は一人で帰ることに不安でもあるのか」と訊いた。

「そうなんだ」

と、飛びつくような調子で小烏丸が答える。

「そのう、我が大僧正につかまったのも、我自身にはいかんともしがたいものだったというか。同じ状況になったら、またどうなるか分からないというか」

要領を得ない内容に、抜丸はうさんくさそうな表情を浮かべたが、竜晴は小烏丸の目をじっと見つめた後、分かったとうなずいた。

「そういうことなら、お前にも供をしてもらおう。ただし、カラスのままというのはまずい」

竜晴はそう言うなり、肘を曲げた形で左腕を前に出した。小烏丸がその意図を察して、すぐに竜晴の肩から腕へと跳び移る。

「彼、汝となり、汝、彼となる。彼我の形に……」

竜晴は呪を唱え始めた。すると、前に抜丸に施した時のように、小烏丸の姿が霧に包まれ、やがてそれが晴れていった時には、竜晴の目の前に、抜丸と同じ装いの少年が立っていた。少女のように繊細な顔立ちの抜丸とは違い、いかにもやんちゃ坊主といった顔つきだが、髪型や衣服は抜丸とすっかり同じである。

竜晴は満足そうに呟いた。変身させてもらった小烏丸は人型になった手足をしげしげと見つめながら、まんざらでもなさそうである。抜丸は不服そうであったが、

「これでよし、と」

竜晴の決定に対し、異は唱えなかった。

こうして準備が調うと、竜晴たちは寛永寺を出て不忍池へと向かった。

その後ろを水干に裸足の少年二人がついて行くのだが、その風変わりな姿に目を止める通行人はいない。

やがて、不忍池が目の前に現れた。北東の方角に役人が二人ほど残っていて、立ち話をしている。

「あそこのようだな」

竜晴は呟き、役人たちに近付いて行った。

「私は小烏神社の神職、賀茂竜晴と申す者。寛永寺の大僧正さまよりこのようなものを預かっております」

竜晴は名乗ると同時に、天海から預かった書状を差し出した。鬚《ひげ》を生やした四十代半ばほどの男が書状を確かめるなり、丁重な態度で進み出てくる。

「それがしは寺社奉行の者で、今朝方よりこの一件を担当しておる。見つかったのが町方の男と思われるゆえ、町奉行に引き継がせる案件やもしれぬが、大僧正さまのご意向としては内密かつ早々に片付けたいとのこと」

どうやら、その天海の意向を汲《く》んで、調べは進められているようであった。

「首は寛永寺の御堂で見せてもらいました。埋められていたという場所と、顔が向いていたという方角を正しく教えていただきたいのですが」

竜晴が頼むと、鬚の役人はすぐに承知して、まず地面を指し示した。そこだけ土の具合が違っており、埋め直されたことが分かる。竜晴はその場にしゃがみ込み、土に手を当てた。

しばらくそうしていると、いつしかその隣に小烏丸が座り込んでいた。

「強い穢れに触れた場所だな。調べるのもいいが、あまりここにいると体によくないぞ、竜晴」

竜晴の身を案じながら、小烏丸自身も不快の念を抑えられないらしく、顔をしかめている。

「おい、竜晴さまの邪魔をするな」

後ろから抜丸が小烏丸を小突いた。

その会話に反応する者は、竜晴も含めて一人もいない。竜晴はやがて地面から手を離して立ち上がった。

「首が向いていたのは、正確にこちらの方角でござる」

鬚の役人が腕を伸ばして教えてくれた。

その指の先は、まっすぐ城を指している。

「いかがであろう。賀茂殿は陰陽道、風水に通じていると、大僧正さまの書状にあったが」

役人が竜晴に尋ねた。

「決めつけることはできませんが、この場に強い念が感じられるのは確かです。死者の念か、首を埋めた者の念か、それは分かりかねますが」

竜晴はそれで話を打ち切ると、二人の役人に礼を述べ、踵《きびす》を返した。

しばらくの間、黙って歩き続け、振り返っても不忍池が見えない場所まで来たところで、竜晴は立ち止まると大きく深呼吸をした。

「大事ありませんか、竜晴さま」

後からついて来た抜丸が、心配そうに声をかける。

「あの場所に宿る念に憑かれたのか」

小烏丸も竜晴に気がかりそうな目を向けていた。

「いや、大丈夫だ」

竜晴は首を横に振ったが、顔色はあまり芳しくはない。その様子を見て、

「やはり呪詛だったのか」

と、小烏丸が訊いた。

「いや、今はまだ呪詛と決めつける段階ではない」

竜晴ははっきりと告げた。

「ただ、すさまじいまでの執念を感じたのは本当だ。憑かれたわけではないが、少しそれに中《あ》てられたかもしれん」

早く帰るとしよう、と竜晴は言い、二柱の付喪神たちもすぐに同意した。

その時、昼九つ（午後零時頃）を知らせる時の鐘が鳴り出した。

近くの木々から、驚いたように鳥の飛び立つ音が聞こえ、小烏丸がぶるっと体を震わせた。

三章　人を呪わば

一

小鳥神社へ帰ってきた竜晴たちは、ひとまず泰山がいつものように現れるのを待つことにした。

「あの方がやって来るのは、いつもお昼過ぎですよね」

部屋に入るなり、抜丸がそわそわした様子で呟く。

「ああ。まずは待つしかない。お前たちも休んでいてくれ」

竜晴が告げると、小烏丸はふらりと外へ出て行ったが、抜丸は落ち着かない様子のまま部屋に残った。

「お迎えに行かなくてよいのでしょうか。私の姿を見えるようにしてくだされば、お呼びしてまいりますが」

「しかし、人型のお前を見れば、泰山は不審に思うだろう。私は使用人も持たず、一人暮らしをしていることになっているのだからな」

「それは確かに……」

残念そうに呟いた抜丸は、その後、何かを思いついた様子で切り出した。

「ならば、あの方がすぐにでも出かけたくなるように、小細工をするのはいかがでしょう。蛇の私とカラスの小烏丸で脅かしてやるとか」

「いや、それでもすぐにこの神社へ来るとは限るまい。それに、またお前が食べられそうになっても困る」

竜晴が言うと、抜丸は顔を強張《こわば》らせて黙り込んだ。

「あいつが診療中なら、何にせよ無駄だ。患者を放り出して、別のことをするような奴ではないからな」

「分かりました」

竜晴の言葉に納得した抜丸であったが、それでもただのんびり待つという気分にはなれなかったようで、

「では、竜晴さま。何か召し上がりませんか。すぐにご用意いたしますが」

と、言い出した。何か言いつけられていた方が落ち着くのだろうが、生憎と竜晴は空腹を感じなかった。

「そうだな。今は食べなくても平気なようだ」

竜晴が言うと、「……そうですよね」と抜丸ががっかりした様子で呟く。

「なら、泰山が来るまでの間、庭の薬草の手入れでもしていたらどうだ」

竜晴が勧めると、抜丸は「それはいいですね」と少し明るい声を出した。

「上野山の穢れがここまで及んでいないか、気になりますし」

いつものように、きびきびとした様子で、抜丸が立ち上がろうとした時であった。

「来たぞ」

慌ただしく小烏丸が部屋へ駆け戻って来た。どうやら泰山が早く来ないものかと、外の様子をうかがっていたらしい。

「泰山だな」

竜晴も立ち上がりかけながら訊いた。

「ああ。ただ、あの医者先生の他にもう一人いる。そいつはあり得ないくらい弱っている。体の具合も悪そうだが、よくないモノに憑かれているかもしれん」

「何だと」

竜晴はすぐに部屋を飛び出した。その後ろを付喪神たちが続く。

ちょうど本殿の前まで進んだ時、鳥居を抜けて来た二人の男と鉢合わせた。

「ああ、竜晴。出かけるところか」

ぐったりとした男の腕を、肩に回して歩いてきた泰山が尋ねる。

「いや」

竜晴は二人に駆け寄ると、連れの男の空いている腕を自らの肩に回した。

その男が着ているのは、左半分が紅、右半分が真っ黒という派手な小袖であった。地味な紺絣《こんがすり》に鼠色《ねずみいろ》の袴という出で立ちの泰山とは、まったく正反対の装いである。

ただ、男の派手な着物はひどく汚れており、嫌なにおいも漂ってくるため、胃の中のものを吐いた跡かと見えた。

「急ぎの用があったのではないか」

泰山が尋ねてくる。泰山が来ることを、事前に小鳥丸から聞いていたとは言えない。

「別に用はない。ちょうど庭へ出たところ、お前たちの姿が見えたのだ。で、この人は誰だ」

竜晴は適当にごまかして話を変えた。泰山は「ああ」と低い声で呟いた後、すぐに説明を始める。

「三河屋《みかわや》という薬種問屋の倅《せがれ》で、千吉《せんきち》という。私の幼なじみなんだ」

「三河屋の名は聞いたことがある。確か、かなり大きな問屋だろう」

「ああ。私の父の代から世話になっている問屋さんだ。時には、私が育てた薬草を買い取ってもらうこともある」

と言った泰山は、それは今話すことではないと気づいたらしく、すぐに話を元に戻した。

「実は、ここへ来る途中で、千吉が道端に倒れ込んでいるのを見つけてね。私の家へ運んだ方が治療もしやすいんだが、家よりこっちの方が近かった」

「それで、ここへ運んできたというわけか」

「すまないが、治療する場所を貸してほしい」

「それはいいが、ここには薬もろくにないぞ」

「それはかまわない。どちらにせよ、三河屋さんへ知らせなけりゃいけないんだ。

ここで容態を診させてもらったら、必要な薬は三河屋さんで調達できる」

「ああ、薬種問屋だったたな」

納得した竜晴は、本殿には布団がないから平屋の方へ運んでくれと告げた。

そこで、竜晴と泰山の二人は、左右から千吉の体を抱えるようにして歩き出した。

ぐったりと前のめりになった千吉は、二人の会話が耳に入っているのかどうか、まったく反応しない。

玄関に到着し、一度、動かぬ千吉を上がり框《がまち》に腰かけさせて、泰山がその草履を脱がせていると、いつの間にやら抜丸が現れ、「右奥の部屋に夜具を用意しておきました」と手際よく知らせた。

狭い廊下を進む際は千吉を泰山に任せ、竜晴は先に立って右奥の部屋へと案内した。泰山は言われるまま千吉の体を引きずるように廊下を進んだが、部屋の中をのぞくなり、

「これは、お前が使っている夜具なのか」

と、怪訝な表情を浮かべた。昼間に夜具が敷かれているのはふつうではない。そこで、一人暮らしの竜晴が夜具を片付けていないと考えたのだろう。

「細かいことは気にせず、早く千吉さんを寝かせよう」

竜晴は泰山の疑問を封じ、まずは千吉を布団の上に横たわらせた。千吉の顔はつい先ほど見たばかりの生首と同じような土気色をしていた。

「必要なものがあれば言ってくれ」

竜晴が言うと、泰山は「ああ」と難しい表情で答え、すぐに千吉の着物の帯をほどいた。鼓動の具合や息遣いを確かめた後、

「盥《たらい》とありったけの手拭い、たっぷりの水、それと、下着だけでもいいから着替えを頼めるか」

と、竜晴に顔を向けずに告げる。

「分かった」

竜晴はただちに言って、部屋を出た。その脇をすり抜けて抜丸が走って行く姿は、泰山には見えなかったろう。竜晴よりも先に、必要なものを取りそろえるべく、抜丸は台所へと走る。その用意は任せておけば問題ない。

「あの男……」

抜丸の後を追うように足を進めながら、竜晴はぼんやりと呟いていた。

「穢れに触れているぞ、竜晴」

いつの間にやら竜晴の傍らにぴたりと付いていた小烏丸が、低い声でささやくように告げた。竜晴は足を止め、小烏丸を見下ろした。

「死の穢れだな」

お前も感じたのだな、と念押しするように問う。

「ああ、間違いない」

小烏丸は自信ありげにうなずいた。

「それも、たまたま死人を見たとか、身内に死者が出たという類じゃない。もっと剣呑《けんのん》で執念深い形で、死と関わっている」

小烏丸の言葉に、竜晴は何も言い返さなかった。


「具合はどうだ」

抜丸が用意してくれたものを、病室となった奥の部屋へ運び入れてから、竜晴は泰山に千吉の様子を尋ねた。

「あまり芳しくないな」

暗い表情を竜晴に向けて答えた後、

「毒に中《あた》ったのは間違いないと思う」

と、泰山は重苦しい口調で告げた。

「何の毒か分かったのか」

「決めつけることはできないが、附子《ぶす》（トリカブト）の毒だろうと思う」

中毒の症状として吐き気や胃痛はよく見られるが、千吉はそれ以外にも、舌、手足に痺《しび》れが見られ、脈も整っておらず、痙攣《けいれん》も起こしている。これほど重篤《じゅうとく》の症状を示す毒で、手に入れられるものとなると、附子と考えるのが妥当だろう、と泰山は言った。

「附子とは死に至ることもある毒だろう」

竜晴が尋ねると、泰山は「ああ」とさらに沈んだ声を出した。

「毒としては『ぶす』というが、この草の根は薬としても使われている。薬の時は同じ漢字で『ぶし』というのだ。いや、もっと正確にいえば、この草は根が母根と子根に分かれている。正しくは、母根を『烏頭《うず》』といい、子根を『子を附《つ》ける』と書いて『附子《ぶし》』という」

「同じ草の根で、名が違うのは面倒だな。薬や毒の効き方に違いはあるのか」

「主な効き目は同じだが、薬としては使い分けることもある。だが、毒ならばどちらでも同じように危険だ」

この草は、葉といい花といい根といい、どれをとっても毒になるが、毒が最も強いのは薬にもなる根の部分だ。薬として用いる時は、必ず熱に通してから使うのだが、千吉の今の具合から察するに、熱していない附子《ぶす》を手に入れ、そのまま口にしたと思われる、と泰山は説明した。

「解毒の薬はないのか」

「ああ。附子の解毒の方法は分かっていない」

泰山は無念そうに答えた。

「だから、毒を体の外に出すしかない。吐き出すのがいちばんなんだが……」

泰山が発見する前にも、千吉はいくらか吐いていたらしく、着物が汚れていたのもそのためだった。

「この先も様子を見ながら吐かせ、それでも体に残ってしまった毒は、多くの水を飲ませて薄めるくらいしかできないな」

そう言った後、千吉の体を起こすのを手伝ってくれと、泰山は竜晴に頼んだ。

二人して左右から支えるように、千吉を起き上がらせる。その上半身を竜晴が支えている間に、泰山は千吉の口もとに盥を宛《あて》がい、背をさすったり叩いたりした。

しかし、吐き出せるものはもう吐いてしまったのか、千吉は苦しそうな空嘔《からえずき》を何度かくり返すばかりである。

その後、吸い口を宛がうと、かろうじて水を吸い上げるので、意識が完全にないというわけでもないらしい。

何度となく咳き込んだり、口に入れた水を吐き出したりと、暇はかかったが、どうにか茶碗一杯分の水を飲ませることができた。最後に、泰山が手際よく寝巻に着替えさせてから、再び千吉の身を横たえさせる。

「飲んだ量は分からないが、吐いたり薄めたりして安静にしていれば、助からない症状ではないと思う」

泰山は厳しい顔つきで、自らに言い聞かせるように呟いた。

「草は飲ませなくていいのか」

「解毒の薬はないが、体と気の力を高める薬を服用することで、快復を早めることはできる」

たとえば——と前置きした後で、泰山は続けた。

「ここの畑でも育てている錨草の茎や葉が効く。まあ、収穫していいのはもう少し先、春の終わりから夏にかけてなんだが」

他にも、桑や枸杞《くこ》、棗《なつめ》の木の実なども効果がある。特に、枸杞は実を枸杞子《し》、葉を枸杞葉《よう》、根皮を地骨皮《じこっぴ》といい、薬として重宝されるんだ、と泰山は滔々《とうとう》と語った。

が、やがて我に返ったように口を閉ざすと、

「余計なことをしゃべったな」

と、自嘲気味の笑みを浮かべた。

「いや、興味深い話だ。落ち着いて話のできる時であれば、じっくりと聞きたい」

竜晴は口先ばかりとも聞こえぬ真面目な口ぶりで告げた。

「これから三河屋さんへ行き、事情を話してくる。今口にした薬があれば、それももらってこよう」

気を取り直したように言う泰山に、竜晴はうなずき、その間は千吉の様子を見ていようと告げた。

「体を横向きにして、時折背中をさすってやってほしい。すぐに吐きやすいように盥を近くに用意しておいて、それらしい様子が見えたら吐かせてやってくれ」

泰山の指示にうなずいた後、少し迷ったものの、

「実は、お前に頼みごとがあって、今日は待っていたのだ」

竜晴はそう続けた。

「千吉さんの具合が落ち着いたら聞いてほしい」

泰山はすぐに「承知した」と答えた。

「お前の頼みごとなどめずらしいから、すぐにも聞いてやりたいんだが……」

泰山の言葉に対し、竜晴は首を横に振った。今の千吉を目の前にしながら、他のことに気を回せる男でないことは、竜晴がいちばんよく分かっている。

「一つだけ教えてほしい。お前の知り合いで、近頃、行方が分からなくなった者はいないか？　二十代くらいの若い男に限ってもらってよいのだが」

竜晴の言葉に怪訝そうな表情を浮かべたものの、泰山は真面目に考え込んだ。

「そういった恐れがありそうなのは、この千吉くらいだな。しかし、千吉はこうしてここにいる」

呟きながら首をかしげている。

「なら、その話は後でいい。誰か思い当たる人がいたら、改めて教えてくれ」

竜晴はそう言って話を打ち切り、泰山を促した。

「では、後は頼む」

泰山がそう告げて立ち上がろうとした時だった。

「……しね……」

横たわる千吉の口から、ただならぬ呟きが漏れた。

竜晴と泰山は思わず目を見交わしていた。掠《かす》れた声ではあったが、その忌まわしい言葉はしっかり聞き取れた。泰山は信じがたいという表情を浮かべている。

「……が死ねば……」

再び千吉の口が動いた。今度の声は先ほどより掠れておらず、よりはっきりと聞こえた。

「千吉さんは誰かを呪っているのか」

竜晴がやや厳しい口ぶりになって、泰山に目を向ける。

「分からない。少なくとも、千吉からこれまで、この類の言葉を聞いたことはないんだが……」

「ふだん『死ね』と口に出す者は少ないだろう。だが、うわごとで口にするのは、それだけ心の奥深くに刻み込まれた思いだからだ。千吉さんには死んでほしい相手がいたことになる」

思い当たることはないかと問われ、泰山は深く考え込むような表情を浮かべた。が、ややあってから、大きく息を吐き出すと、首を力なく横に振った。

「幼い頃より知っているが、近頃は腹を割って話すこともなかったんだ。死んでほしいほど憎い相手がいたとは、考えてみたこともない。どうして、そんなことを思うようになったんだろう」

「さて。ただ、どういう事情で毒を飲んだにせよ、今口にした言葉と関わりがあるのではないか」

竜晴の言葉に、そうだろうなと泰山はうなずいた。

「体から毒を取り出せたとしても、それだけでは千吉を救えないということか」

自分に言い聞かせるように、泰山が呟いたその時、再び千吉の口が動いた。

「……が……死んでくれりゃ」

誰かの名前を呟いているらしいのだが、その言葉だけは聞き取れない。その声は憎しみに染まっているというより、哀願《あいがん》するような響きを帯びていた。

二

泰山が神社を出て行った後、竜晴は千吉のそばを一度離れた。その間は、抜丸が世話を買って出たため、すべて任せてある。

「私は居間で、少し考えごとをしている」

そう言って部屋を出て行くついでに「熱い麦湯を持ってきてくれ」と言いかけ、慌てて思い直した。抜丸には病人の世話を頼んだばかりである。

ならば、小烏丸に頼めばいいかというと、そういうわけでもない。頼めば喜んで引き受けるであろうが、麦湯の淹れ方が分からず、まずは抜丸のところへ行って、それを訊くことになるだろう。そして抜丸からあきれられ、場合によっては言い争いになり、麦湯が出てくるまでにひと悶着《もんちゃく》起こる予感がある。

竜晴はその考えを捨てたものの、自分で淹れるのも面倒なので、熱い麦湯は早々にあきらめて居間へ向かった。

とにかく、今は落ち着いた場所で、これまでのことをじっくりと考えてみたい。

不忍池のほとりで発見された生首、その事件解決を依頼してきた天海、そして泰山が運んできた薬種問屋の倅――たった一日のうちに、多くのことが起こったものである。

竜晴が文机《ふづくえ》の前に座ると、いつの間にか小烏丸が居間に入って来て、後ろにちょこんと座った。用を言いつけられるのを待っているのか、話しかけられるのを待っているのか。こういうことはよくあるが、付喪神が邪魔をすることはないので、竜晴は気にせず一人で考えをめぐらせた。

第一にはっきりさせねばならないのは、寛永寺に安置された生首の正体だ。ただし、それは泰山に検めてもらえば、分かりそうである。千吉の容態が落ち着けば、泰山を寛永寺へ連れて行くことは問題なく実現するだろうが、

（あの千吉さんには何かがある）

と、竜晴は感じていた。

毒を飲んだかもしれぬという泰山の診立て、誰かの死を願うかのようなうわごと。

それにも増して気にかかるのは、死の穢れをまとっていることであった。誰でも死に触れることはあり得るが、千吉の場合、まっとうな関わり方とは考えにくい。

つい先ほど、その話を小鳥丸と交わしたことを思い出し、竜晴は振り返った。竜晴と目が合うなり、小鳥丸はぱっと顔を輝かせる。

「お前はさっき、千吉が死の穢れに触れていると言ったな」

「ああ。それもごく強い穢れだ」

小鳥丸は神妙な顔つきになって、大きくうなずいた。

「その穢れ、上野で見た生首と関わっていると思うか」

竜晴が尋ねると、小鳥丸はそのことかというふうに、再びうなずいてみせた。

「人の亡骸を切り刻むのは深い執念だ。千吉とやらのまとう穢れはそのくらいすさまじいものだった。これまでに戦場をめぐり、首を落とされる死者をたくさん見てきた我が言うのだから、間違いない」

「その言葉には一理あるな」

竜晴が言うと、小鳥丸はまんざらでもなさそうな表情で「そうだろうとも」と言った。

「戦場で手柄欲しさに人の首を斬《き》る兵だって、その執念はすさまじいものだった。だが、平穏な町中で人の首を斬るのは、それとは比べものにならぬすさまじさだ」

小烏丸は早口で告げた後、千吉があの首を斬った張本人ということは十分にあり得るだろうと、続けて述べた。竜晴も同じ考えだった。

「そうなると、あの医者先生に、千吉さんとあの生首がどういう関わりなのか、が気にかかる」

「あの医者先生に、首を見てもらうのを待つしかないな」

そんな言葉を交わしているうちに、昼八つ半（午後三時頃）を告げる鐘が鳴り始めた。

一度千吉の様子を見ておこうと、竜晴は立ち上がる。すると、廊下に出たところで、玄関口から「泰山だ。勝手に失礼するぞ」という声が聞こえてきた。

「ああ、入ってくれ」

と、応じてから、千吉の休む部屋へ戻った竜晴はその枕元に座ると、澄ました顔で泰山を迎えた。

「大変だったろう。すまなかったな」

「大したことはしていない」

実際は何一つしていないのだが、悪びれたところもなく竜晴は答えた。千吉の看病をしていた抜丸は、泰山が部屋へ入るのと入れ替わりに出て行くところである。

この時、泰山が部屋の戸口の方を見たので、竜晴は驚いた。

まさか、抜丸のことが見えるのか——と思いきや、そんなはずはなく、抜丸が戸口をすり抜けた直後、若い娘がおずおずと姿を現したのであった。

娘はすぐに横たわっている千吉の姿に気づくと、大きく目を瞠り震え出した。

「せ、千吉……」

娘は竜晴に挨拶することも忘れて、千吉のそばへと駆け寄った。

「突然のことですまない、竜晴」

と、泰山が立ったまま頭を下げた。

「この人はおちづさんといって、千吉と言い交わす仲なんだそうだ」

泰山がおちづの代わりに説明する。

「私たちは三河屋さんで鉢合わせした」

おちづは一昨日の晩から姿の見えない千吉を案じて、三河屋を訪ねたところだったという。

泰山は三河屋に千吉の容態を知らせたわけだが、その両親は見つかったことを喜ぶわけでもなければ、床に臥《ふ》せった身を案じるわけでもなかった。

「とりあえず無事でいるのならいい、後のことは任せるから、養生させてやってくれと言うんだ。一方のおちづさんは、千吉の顔を見るまでは安心できないというので、お連れしてしまった」

「申し訳ありません」

おちづはその場で深々と頭を下げた。

「見つかったと聞いても、やっぱり自分の目で確かめたくって。千吉のお父《とっ》つぁんとおっ母《か》さんは、それどころじゃないご様子だし」

おちづの言葉の中に、わずかばかり恨めしげなふぜいが混じり込んだ。何かあるとは思ったが、その場であえて尋ねることはせず、

「かまいません」

と、竜晴は優しく返事をした。

「まだ意識は取り戻していませんが、近くにいてあげてください」

竜晴の言葉に、おちづは顔に喜色を浮かべた。竜晴が場所を空けると、にじり寄

るように千吉の枕元へ膝を進める。

仰向《あおむ》けになって目を閉じている千吉の頬に、おちづは恐るおそる手を当てた。涙ぐんでいるのか、そっと鼻をすすっている。竜晴は静かに立ち上がると、くわしい話を聞かせてほしいと泰山に小声で伝えた。

「居間で待っている」

それに対し、泰山は千吉の様子を診てから行くと答えた。

竜晴は先に部屋を出ると、思い立って台所へ向かった。そこでは、早くも抜丸が客用の麦湯を用意している。

「気が利くな」

竜晴が言うと、抜丸は目を輝かせた。用意が調うと、麦湯と鶉餅《うずらもち》を載せた盆を自ら居間へ運ぼうとするので、竜晴は慌てて止めた。廊下などで泰山と鉢合わせしてはたまらない。

竜晴は盆を受け取ると、自分で居間まで運んだ。ちょうど時を同じくして、泰山が奥の部屋を出てくる。

「やあ、気を遣わせてすまない」

菓子と麦湯の支度をしたのが竜晴だと信じる泰山は、ありがたそうに礼を述べた。

「千吉さんの家へ行って来たという話だが、身内が引き取りに来ようともせず、許婚《いいなずけ》の娘を遣すとはいささか不思議だ。あのお嬢さんの物言いにも何か含むところがあるようだったし、私にもそのあたりの事情を聞かせてほしい」

麦湯を口に運ぶ泰山を前に、竜晴は言った。

「ああ、本来なら余所の家のことなど語るべきではないが、お前にはさんざん面倒をかけたからな。そのことはあちらのご両親も承知だから、悪くは思わんだろう」

そう言い訳じみたことを口にしてから、泰山は語り出した。

「まずおちづさんのことだが、千吉の許婚と呼んでいいかどうかは分からないんだ。言い交わしたというのは嘘《うそ》ではないだろうが、親の承諾を得たのではなく、本人同士での約束事らしい」

「そうなのか」

「三河屋のご両親は千吉のことを放りっぱなし、といったところがあるんだ」

「あのお嬢さんが三河屋のことを恨めしげに話していたのは、そのせいか」

「ああ。決しておちづさんの独りよがりではないと思う」

「三河屋では今、千吉さんどころではない何かが起こっているのか」

先ほどのおちづの言葉を思い返し、竜晴は尋ねた。

「ああ。その話は、さっき出がけに聞いたお前の話とも関わるんだが……。行方知れずになった知り合いについて訊いていたよな」

「そうだ。思い当たる人がいたのか」

「千吉には太一《たいち》さんというお兄さんがいるんだが、その行方が少し前から分からないそうだ」

「では、三河屋では兄弟が一緒にいなくなったというわけか」

「ああ。ただし、千吉は遊び人だったから、一晩や二晩帰らなくても心配していなかったらしい。一方の太一さんは真面目な人で、親に黙って家を空けるなど間違ってもする人じゃない。というんで、三河屋さんでは太一さんのことだけを心配していたんだそうだ」

「なるほど。その太一さんが見つからず、さほど心配していなかった千吉さんが見つかったというわけか」

「まあな」

と、泰山は重い溜息を吐《つ》いた。

「実は、私が千吉さんの無事を知らせた時も、親御さんたちは嬉しがるどころか、見つかったのが太一ならどんなによかったか、と言われたよ」

「ほう」

「他人事《ひとごと》ながら、憤りを覚えずにはいられなかった。親御さんたちときたら少しも悪びれていないのだからね。日頃からあの調子なんだろうな。おそらくおちづさんはそうした内情を知っていて、千吉のために怒っていたんだろう」

「なるほどな」

竜晴は納得してうなずいた。

「ところで、お前の方はどうして行方知れずの人について訊いてきたんだ？　それに、その人が私の知り合いかもしれないなどと、なぜ考えた」

今度は、泰山が竜晴に尋ねてくる。

「……ああ、そのことだが」

竜晴は顔を引き締めた。

これから泰山には不忍池のほとりで発見された首を検めてもらわなければならな

い。念のため、あまり驚かずに聞いてほしいと断った上で、竜晴は切り出した。

「実は、今朝、不忍池のほとりで人の首が埋められているのが見つかったのだ」

「首が――」

「殺されたと決まったわけではなく、素性もまだ分からない」

「二十代くらいの男に限ってと言っていたのは、その首の素性を知りたかったからなんだな」

「うむ。私はその首を見た。死者の亡骸には生前の思念がまとわりついている」

「お前は亡くなった人の心が見えるということか。つまり、その人の過去が見えると？」

目を瞠って訊き返す泰山に、竜晴は静かに頭を振った。

「私の見知らぬ事柄は像を結ばないんだ。死者が私の知り合いであれば、見聞の共通する事柄があるから、より多くの像を見ることができる。だが、その人は私の知らない人だった。ただし、病を治したいという強い気持ちが伝わってきてね、それをたどってみた。多くは私には像を結ばぬ記憶ばかりだったが、そこにお前の気が感じられたのだ」

「それで、その死者が私を知っていると考えたのだな」

泰山は手にしていた湯呑み茶碗を思い出したように置いた。

「なら、すぐに確かめよう。千吉のことは心配だが、一応の処置はした。それに、太一さんかもしれないのなら、三河屋さんと千吉のためにもすぐに確かめて差し上げたい」

「お前なら、そう言うだろうと思った」

竜晴は静かな声で、そう返事をした。

千吉のことはおちづに任せ、竜晴と泰山は寛永寺へ向かった。念のため抜丸を神社に残し、小烏丸にはカラスの姿でついて来るよう命じてある。

首が安置されているのが寛永寺と聞いた泰山は、

「そこは、将軍家の菩提寺《ぼだいじ》だろう」

と、怪訝な表情を浮かべたが、竜晴が住職の天海大僧正を知っていると言うと、驚いた様子で押し黙った。

寛永寺の門前に到着すると、竜晴は天海から渡された書状を門番に見せ、その場を通してもらった。

　本堂の奥の小さな御堂へ泰山を連れて行き、そこからは竜晴が一人で庫裏へと向かう。案内に出て来た小僧に、事情を伝えると、天海が自ら玄関口に現れた。

「私の知り合いは先ほどの御堂の前で待っております」

「世話をおかけする」

　天海は礼を述べ、小僧に火を用意するようにと告げた。まだ外は明るいが、御堂の中は薄暗いことへの配慮と見える。

　小僧は「はい」と答えて慌ただしく駆け去った。

　天海と竜晴が御堂の前へ出向くと、泰山が御堂の入り口へじっと目を向けて立っていた。

「医者の立花泰山殿です」

　竜晴が泰山を天海に引き合わせた。

「ほう。まだお若いのですな」

　天海は少し驚いた様子で目を瞠った。

「亡きお父上も医者をしておられ、その跡を継がれたのです」

「この度はお手数をおかけしたが、これも仏を一刻でも早く身内のもとへ返し、成仏を願わんがため」

天海の説明に、「同じ気持ちです」と泰山は慎ましく答えた。

「それでは、どうぞ中へ」

天海の言葉で、三人は連れ立って中へ入った。すでに小僧が先回りし、火入れから熾《おこ》した火を蠟燭《ろうそく》に点《つ》け終えていた。堂内の明かりは一足早く夜を引き寄せたように錯覚させる。

蠟燭の明かりは堂内をくまなく照らすほどではないが、人の顔かたちを見極めるには十分だった。

天海は観音菩薩の前に置かれた木箱へまっすぐ進み、まず手を合わせた後、自ら蓋を開けた。それから、側面の板を一つ外して、首が見えるようにすると、下の台ごと泰山の方へと差し向ける。

泰山は相手の顔と正面から向き合う形になった。

蠟燭の明かりがその面相を浮かび上がらせている。竜晴が昼前に見た時より、どことなく不気味に感じられるのは蠟燭の揺れる明かりで見ているせいかもしれない。

それでも、泰山は目を背けることはなく、じっと首を見つめた。目を伏せられた格好の死者の顔を、瞬き一つせず凝視し続けた。

「……もうけっこうです」

ややあってから、泰山は呟くように言った。天海は黙って箱の側面の板を元に戻し、蓋をかぶせた。

「どうだったのか」

竜晴は低い声で泰山に問うた。

「間違いない」

沈んだ声であったが、泰山は取り乱すこともなく落ち着いて告げた。

「三河屋の太一さんだ」

胸に溜め込んだものをすべて吐き出すような様子で泰山が言った時、御堂の中を照らす蠟燭の火が大きく揺れた。

その後、泰山は天海に太一の素性について語った。

上野の薬種問屋三河屋の長男で、仕事熱心だったこと、奉公人たちからの信頼も厚かったこと。

太一の弟、千吉についても、日頃の行状や今具合を悪くして小鳥神社で介抱していることは、すべて話した。ただ容態については意識がはっきりしないと伝えただけで、毒を飲んだかもしれないことは伏せてある。

竜晴は口を挟まなかった。

天海もまずは三河屋に連絡を取ることが先決であり、また小鳥神社にいるのなら千吉は竜晴の手の内にいるものと考えたのだろう。この日は、千吉についてそれ以上の追及をすることはなかった。

「実は、公儀の役人たちの調べにより、その後、判明したことがありましてな。一昨日の晩、不忍池のほとりに怪しい男がいたそうな」

泰山から話を聞き出した後、天海はついでのように告げた。

「若い町方の男だとか。その男、夜というのに提灯《ちょうちん》も持たず、手も着物も土まみれだったので、すれ違った者が驚いて覚えていたという」

「なるほど、夜半の風体としては大いに怪しいですね」

それまで黙っていた竜晴が応じた。

「生憎と、相手の顔をはっきり見たわけではないらしく、人相書きを作るのもままならぬ。ただ、一つだけ相手の特徴を見覚えておりましてな」

「その特徴とはどのような」

「左の耳の形がいびつだったという。大怪我《おおけが》をしたか大火傷《おおやけど》をしたふうに見えたということでした」

竜晴は千吉の左耳がどうだったかを思い出そうとした。が、よく思い出せない。どうしてだろうと思った時、理由が分かった。初めに千吉の体を支えた時は右側に立ち、千吉が横たえられていた時も右側に座っていたからだ。

だが、泰山ならば千吉の体の特徴を知っているだろう。ひそかにその顔をうかがうと、いつしか泰山は二人の会話も耳に入らぬふうに目を閉じていた。

いずれにしても、神社に帰って確かめればすぐに分かることだ。

竜晴はこの場は無言で済ませることにした。見れば、天海は探るような目を向けてきている。

「それでは、私たちはお預かりしている千吉さんの様子も気になりますので」

竜晴がそう言うと、天海もうなずいた。

「三河屋へは、こちらより知らせるゆえ、お気になさらぬように」

御堂を出たところで、天海は二人に告げた。

「それでは、よろしくお願いいたします」

竜晴が言葉を返し、泰山は無言で頭を下げた。

外に出ると、春の日は暮れかけていた。

空を見上げると、淡い夕月が浮かんでいる。まだ陽の光を漂わせる空の下、輝ききれない淡い月光が、この日は何とも寂しげに見えた。

三

竜晴と泰山は小鳥神社に戻ると、まずはおちづを家へ帰すことにした。千吉の意識がまだ戻っていないため、それまではいさせてほしいと言うおちづを、泰山が何とか説き伏せた。

「できるだけの処置はしたし、容態も悪くなってはいない。今夜は医者の私がついているから心配は要らないでしょう。明日になったらまた来ればよいではありませんか」

誠実な口ぶりで諭されると、ついうなずかずにはいられなくなる。そんなおちづの様子を見ながら、他人の心にごく自然に入り込める泰山の力に、竜晴はひそかに感心していた。

そして、帰宅するおちづを二人で見送った後のこと。

「それじゃあ、次は私の夜具の用意だな」

と、泰山は言い出した。

家の中へ戻りかけていた竜晴は、玄関口でその足を止め、振り返った。

「何、お前の夜具だと？」

怪訝な表情で尋ねた竜晴に、「ああ」と泰山は答えた後、

「そういえば、千吉が使っているのはお前の夜具だったのか」

と、改めて尋ねた。

「いや、あれは客用のものだが」

「なら、お前の夜具は別にあるわけだ。千吉を三河屋へ帰すのは難しいし、今は動かさぬ方がいい。だから、今夜はここに泊まらせてほしいのだが……」

「ああ、千吉さんのことはいい。しかし、なぜお前の夜具が必要になる?」

「さっき、おちづさんに話したのをお前も聞いていただろう。千吉の世話をするため、私がここへ残るんだ」

そう言われると、確かに病人の世話など自分にはできぬと思うが、竜晴の頭の中には常に付喪神たちがおり、抜丸に任せておけば安心だという考えがあった。しかし、そのことは泰山には言えない。

もしも泰山が泊まり込むことになったら、神社内を自在に動き回れなくなった付喪神たちが、たいそう迷惑がることであろう。また、抜丸が食事の世話をしてくれなくなれば、竜晴自身も不便を感じることになる。

「千吉さんは今のところ落ち着いているようだし、夜の間くらい、お前がいなくても問題あるまい。何、教えてもらえば、私とて薬を飲ませることくらいはできる」

竜晴は遠回しに断った。

「お前にそこまで迷惑をかけるわけにはいかないよ」

生真面目な口ぶりで、泰山は言い張った。

「しかし、客用の夜具は一つしかないのだぞ」

「そのところは心配ないさ」

泰山は自信たっぷりに告げた。

「夜具は損料屋《そんりょうや》で借りることができる。それに、私は一日二日食べないでも平気だから、そのことも気にしないでいい」

「気にしないでいられるはずあるまい」

竜晴は溜息混じりに言い返した。

「ならば——」

と、泰山は代わりの案を出してきた。

「お前の食事の世話を私にさせてくれないか。無論、食材の金は払う。三河屋さんから、千吉の治療にかかった費用は後払いすると言われているしな」

料理の腕は期待してもらうほどでもないが心配されるほどでもない——と、泰山は微妙な物言いをした。

しかし、食材の代金や料理の味のことなど、実はどうでもいい。泰山がここに寝泊まりして、付喪神の存在に気づかれないことが大事なのだ。

泰山が料理をするという案を、竜晴はよく考えてみた。それならば、竜晴が実は料理ができないと気づかれることはないだろう。飯炊きの使用人もいないのに、どうやって食べているのかと不審がられることもない。

「……ならば、そうしてもらおうか」

最後はそう話がついた。

「では、さっそく損料屋へ行ってくるから、その間、千吉を見ていてくれ」

泰山は玄関口からそのまま外へ出て行き、竜晴は家の中へと入った。すると、竜晴が一人になるのを待ち構えていたように、人型の抜丸が家の奥から走り出てきて、

「竜晴さま」と声を上げる。

一方、庭の木の枝からはカラスが舞い降りてきて、「竜晴ぃー」と鳴いた。

「まあ、少し待て」

竜晴は小烏丸の姿を人型にすると、話は後だと言って、まずは千吉のいる部屋へ戻った。その左側の枕元に座り、千吉の左耳の形を確かめる。

その形は少しいびつだった。耳の上から真ん中あたりまで形がつぶれている。皮膚が引きつれたような跡があるので、火傷を負ったのかもしれない。

「やはり、そうか」

一昨日の晩、不忍池のほとりで見られたのは千吉で間違いないのだろう。ならば、太一の首を埋めたのも千吉ということになる。

おそらく、泰山は先ほどの天海の話から、そのことに気づいているはずだ。

ここに寝泊まりすると言っていた時の泰山の様子が奇妙に明るかったことを思い出し、あれは無理をしていたのではないかと、竜晴は思った。

「あのう、竜晴さま。よろしいでしょうか」

竜晴が千吉の方に乗り出していた上半身を元に戻したのを見澄まして、抜丸が再び声をかけてくる。

付喪神たちは、この神社にふつうの人間が寝泊まりすることになって、困惑しているのだ。

「ああ、すまない。お前たちは泰山がここへ泊まるというので、心配なのだろう」

竜晴が尋ねると、抜丸は「……はい」と小さな声で応じた後、さらに続ける。

「こちらの病人の方は意識がないですから、しばらく気にしないでいいでしょうが、あのお医者さまがお泊まりになるのは……」

「そうだぞ、竜晴。我らに断りもなく、あのような約束事を！　あの医者先生が寝泊まりしている間、我らはどうすればいいのだ。竜晴と口を利くこともできないのだぞ」

「第一、竜晴さまのお世話をどうすればいいのですか。私が台所で立ち働けば、あのお医者さまの目には、物が勝手に動いているように見えるはずです」

小烏丸は口を尖らせ、抜丸は気が気でないという様子で言い募る。

「料理は泰山がしてくれるというから、ひとまずはあいつに任せてみよう。だから、抜丸はしばらく私の世話はしなくていい」

「えっ、竜晴さまはこの抜丸が必要ない、と？」

衝撃を隠し切れないという様子で、抜丸の顔色がみるみる蒼《あお》ざめていく。

「そうは言っていないだろう。しばらくの間、泰山に悟られぬようおとなしくしていてくれ、というだけだ。まあ、そういうことだから、人型でない方がいいな」

竜晴は「解」と唱え、小烏丸と抜丸にかけていた術を解いた。一瞬後、一羽のカラスと一匹の白蛇がその場に現れる。

「これで、お前たちの姿は泰山にも見える。片や、お前たちが何をしゃべっても、泰山には鳥獣の声や物音としか聞こえないはずだ。必要なことがあれば、私に向かってしゃべってくれていい。しかし、蛇やカラスが建物の中にいれば変に思われるから、私の部屋に潜んでいるか、さもなくば外にいるように」

小鳥丸と抜丸は顔を見合わせ、不平そうな溜息を漏らしたが、それ以上文句は言わなかった。

ただ、小鳥丸が「竜晴ぃー」と甘えた声で鳴くなり、

「できるだけ早く、あの男を追い出してくれよぉ」

と、羽をばたつかせながら言った。


やがて、夜具一式を手にした損料屋の手代と一緒に、小鳥神社へ戻って来た泰山は、千吉の容態が変わっていないことを確かめると、すぐに夕餉の支度に取りかかった。

「あー、朝餉の残りがあるかもしれない。今日は昼に何も口にしなかったから」

竜晴が念のために言うと、「なら、それらも利用させてもらおう」と泰山は言う。

「台所の中は適当に使わせてもらっていいんだな」

どこに何があるのか、よく知らない竜晴は好きにしてくれてかまわないと答えた。

竜晴は安心して千吉の枕元へ戻り、泰山は台所で料理に励む。そして、宵五つ（午後八時頃）にもなった頃、夕餉の支度ができたと泰山が知らせてきた。

飯は朝餉の残りでは足りなかったのか、新たに炊いたようだ。膳にはしじみの味《み》噌《そ》汁《しる》の他、朝餉にも出たさわらの塩焼きが温め直されたものが載せられており、筍と蕗《ふき》の煮物、蕪《かぶ》の酢の物なども添えられている。いつも抜丸が用意してくるのとさほど変わらぬお菜の数であった。

「手が込んでいるな」

驚きながら食べてみると、味も悪くない。

「お前に料理の才があるとは知らなかった」

竜晴は感心して言った。

「両親が逝《い》ってから、一人暮らしが長いからな。まあ、お前もそうだろうが」

泰山は事もなげに言うが、竜晴の方は自分が作っているわけでもないので黙っておくことにする。

こうして二人で囲んだ夕餉を終えると、泰山は当たり前のように片付けを始め、竜晴はそれを受け容れた。その後、熱い麦湯が運ばれてくるのも、いつもと変わらない。それをするのが、抜丸か泰山かという違いだけだ。

竜晴が麦湯を飲んでいる間に、泰山は千吉の容態を確かめに行き、やがて居間へ戻って来た。泰山がようやく腰を落ち着け、麦湯の茶碗を手に取ったのを見澄まして、竜晴は話があると切り出した。

泰山もその流れは予期していたらしく、落ち着いている。

「先ほど、千吉さんの左の耳を確かめた。あれは怪我か火傷の跡だな」

「ああ。前に火傷の跡だと聞いたことがある」

泰山の言葉に「そうか」とうなずいた後、

「一昨日の晩、怪しい男が不忍池のほとりにいたという大僧正さまの話を、お前も聞いていただろう。それは千吉さんのことだろうと思うが、お前はどうだ」

と、竜晴は一気に言った。泰山は少し苦しげな表情を浮かべ、しばらく無言を通していたが、

「……ああ。私もそうだと思う」

と、静かな声で答えた。

「首の素性が太一さんと分かった以上、千吉さんの耳の特徴はすぐに明らかになる

はずだ」

　泰山はいつしか竜晴から目をそらし、じっとうつむいていた。

「もちろん、千吉さんが太一さんを殺したと決めつけるわけではない。だが、太一さんと千吉さんの間には、何かあったのではないか。千吉さんが誰かの死を願っていたのは、お前も聞いたはずだ」

　泰山は追いつめられたようにうつむいたまま、微動だにしなかった。

「私は大僧正さまから、事の真相を調べてほしいと内々に頼まれている。少しばかり恩を受けたこともあり、断ることができなかった」

　竜晴の告白を受け、泰山がゆるゆると顔を上げた。

「太一さんと千吉さんの仲がどうだったのか教えてくれ。大僧正さまからの頼まれごとのためでもあるが、太一さんと千吉さんのためでもある。死者を行くべきところへ送り、生きている人の心を守るのが私の役目と心得ているからだ」

　竜晴の揺るぎのない物言いに、泰山はそれ以上黙っているのはつらいという様子で、口を開いた。

「……千吉の近頃の様子について、私は本当に知らないんだ」

声を振り絞るようにして呟く。

「私が千吉と親しくしていたのは幼い頃で、その後も顔を合わせることはあったが、深い付き合いはなかった。いや、正しくは私が付き合いを絶ったんだ。千吉が……その、派手な遊び人連中と付き合うようになってからな。そういう連中と、私は馬が合わなかったから」

「なるほど、それは分かる」

「おちづさんのことも知らなかった。だから、本当に千吉のことは……」

「太一さんとの仲についても、本当に知らなかったのか」

竜晴は鋭く訊いた。すると、泰山は観念した様子で深呼吸をした後、おもむろに語り出した。

「千吉が小さい頃は、仲のいい兄弟にしか見えなかった。太一さんは優しくて、いいお兄さんだった。私のような近所の子供たちの面倒もよく見てくれたしな」

「では、千吉さんはお兄さんを慕っていたのではないか」

「ああ、その通りだよ。太一さんは賢くて気立てもよく、本当に立派な人だった。親たちもいい跡取りを持ったと自慢していたのだ」

「なるほど。それに引き換え、弟の千吉さんは出来がよくないと、親たちが言ったわけか」

「それは……」

泰山は顔を上げて、抗弁しようとしたが、その言葉が思いつかないという様子で、ややあってからうなずいた。

「まあ、それに近いことを、家で口にしていたらしい。十歳くらいの頃だったか、千吉が家にいるのが嫌だとぼやいていたことがある。だが、太一さんは親の言葉に乗っかって、弟の前で偉ぶったり、弟をいじめたりするような人ではなかった。その頃だって、千吉は太一さんのことは好きだと言っていたんだ」

「太一さんのことは好き、つまり、親のことは嫌いだと言っていたわけだな」

白黒はっきりさせようとする竜晴の物言いに、泰山は「ああ」と苦しい声で答えた。

「三河屋の親御さんたちは、跡取りさえしっかりしていればいいと言っていたそうだ。悪童と言われた千吉は、何の期待もされなかったんだろう。それは気楽でもあるが、親が自分を見てくれない寂しさもあったろうと思う」

「なるほどな。じゃあ、最後に二つの問いに答えてくれ。はっきりしなくても、お前の思うところを率直に答えてくれればいい」

そう断った後で、竜晴は一気に言った。

「千吉さんは親御さんたちを、死ねばいいと思っていただろうか」

泰山は少し考えるふうに沈黙した後、

「憎く思うことはあっただろう」

と、ゆっくり答えた。

「どれほどの憎しみだったのかは正直分からない。そこまでの憎しみではなかったと思いたいが、あるいは死んでほしいと思ったことがあったかもしれない」

泰山がごまかしのない返事をしたことは明らかだった。竜晴はうなずき、「では」と次の問いかけを口にする。

「千吉さんは太一さんのことを、死ねばいいと思っていただろうか」

泰山は再び沈黙した。その沈黙は先の問いかけの時よりずっと長かった。

「……まったく分からない」

しばらくしてから、泰山はぽつりと呟くように言った。

「ただ私の考えを述べるなら、憎むことができれば千吉は楽だったんじゃないかと思う」

「どういう意味だ」

「憎めなかったとしたら、太一さんはただこの世に生きているだけで、千吉の苦しみになっていたということだ」

太一がいなくなれば、自分は楽になれる――千吉がそう考えたかもしれないと、泰山は言う。相手を憎むわけでもないのに、そうした考えから逃れられなくなったとしたら、その人生のつらさは計り知れない。

「なるほど。よく分かった」

竜晴は情緒に流されない声で、静かに答えた。

四章　毒を食らわば

一

千吉が意識を取り戻したのは、丸一日を置いた昼間のことであった。

泰山は診察に出かけることはあったが、そうでない時はずっと小烏神社にいて、千吉の傍らに付き添っていた。この時も、甘茶蔓《あまちゃづる》を煎じたものを飲ませようとしていたのだが、咳き込んだ千吉が目をうっすらと開けたのを見て、

「千吉、気がついたのか！」

泰山はその目をのぞき込むようにして声をかけた。千吉はしばらくぼうっとしていたが、

「……泰山か」

やがて、幼なじみの顔を見極めたようだ。

「私が分かるんだな」

泰山は千吉の手を取り、ぎゅっと握り締めて尋ねた。千吉はかすかにうなずき返す。

「……ここは」

千吉は掠れた声で訊いた。

「小鳥神社だ。私の友が宮司をしているので寄せてもらった。お前は具合が悪くなって、この近くの道端で倒れ込んでいたんだ」

たまたま通りかかった自分がここへ運んだこと、二日間寝込んでいたこと、すでに三河屋の両親とおちづも知っていることを、泰山はすべて語った。伏せておいたのは太一のことだけである。

「……そうか。お前が俺を助け……ちまったのか」

千吉は呟くと、仰向いた姿勢のまま目を再び閉じてしまった。

「親父《おやじ》とお袋は……残念がってたんじゃねえか」

低く暗い声が千吉の口から漏れる。

「残念がる？　そんなことあるわけないだろう。お前は何を言ってるんだ」

泰山は厳しい口ぶりになって告げた。

「ごまかすなよ」

先ほどまで閉じていたはずの千吉の両目が、いつしか開いており、それがじっと泰山に向けられている。その目ははっと胸を衝《つ》かれるほど虚《うつ》ろなものであった。

「親父とお袋は……助かったのが兄貴じゃなく俺だったと知って、残念がったはずなんだ」

先ほどまで意識がなかったとは思えぬほど、はっきりとした口ぶりで、千吉は呟いた。

「お前は……太一さんが助からなかったと知ってるんだな」

泰山の声の方が緊張した様子で少し掠れている。その問いかけに対する返事はなかった。

泰山もそれ以上、新たな問いをくり出すことはできなかった。

「とにかく、お前が助かって本当によかったよ。しばらくここで養生できるよう宮司殿には頼んであるし、私もここに寝泊まりさせてもらっているから、今はゆっくり休んでくれ」

泰山はそう言って、話を終わらせた。

それからしばらくして、竜晴は泰山に言われ、千吉に引き合わされることになったのだが、

「この神社の宮司、賀茂竜晴といいます。気兼ねすることなくゆっくり養生してください」

竜晴が部屋まで出向いて挨拶した時も、千吉は目を閉じたまま動かなかった。

眠っているのではないか、と目で泰山に訊いたが、泰山は無言で首を横に振る。

竜晴と泰山はいったんその場を離れて、居間へ行き、話の続きをした。

「千吉は眠っているわけじゃないんだ。あれは、わざと無視している」

苦い口ぶりになって、泰山が言った。

「私が太一さんのことを口にした途端、貝のように口を閉ざしてしまった」

以来いっさい口を利かないのだと、溜息をこぼしている。

「親御さんのことを語る口ぶりも恨めしげだし、このまま家へ帰すわけにもいかない。体の具合も完全によくなったわけじゃないし、もうしばらくここに置いてもらえるとありがたいんだが……」

遠慮がちに言う泰山に、竜晴は分かったと答えた。小烏丸と抜丸には不服だろうが、事情も分からぬまま千吉を家へ帰すことはできない。そうなると、泰山も小烏神社を離れるわけにはいかず、そのまま居続けることになった。

千吉の態度が和らぐのは、おちづがやって来た時だけであった。

おちづは千吉の意識が戻ったのを知り、その場で号泣した。そこにはまだ泰山がいたのだが、人目も憚《はばか》らずにわんわん声を上げて泣いている。

泰山はおちづを残して部屋を出たが、その時、千吉が「……悪かったよ」と小さな声で呟くのを聞いた。

竜晴のいる居間へやって来た泰山はその話をした後、「少し安心したよ」と言い添えた。

「おちづさんがそばにいてくれれば、千吉は情けの心を持ち続けることができるんだと思う」

「ならば、おちづさんには千吉さんも本当のことを打ち明けるかもしれないな」

竜晴の言葉に、泰山はおもむろにうなずく。千吉から打ち明けられたことを、おちづが話してくれるとは限らないが、千吉の口を割らせるよりはたやすいだろうと、お泰山は言った。

やがて、四半時（約三十分）ほど経った後、おちづが挨拶をしに居間へ現れた。

「千吉を介抱してくださって、本当にありがとうございました」

おちづは千吉と同じように、派手でけばけばしい装いの娘だったが、それにしてはひどくしんみりとした様子で律儀に礼を述べた。

「私は医者なんだから介抱するのは当たり前だよ。けれど、私はどうも千吉から誤解されているみたいでね。どうしてこうなったのか、くわしいことを何も話してくれないんだ。おちづさんは何か聞いたかい？」

泰山は親しみ深い口調で尋ねた。

「それが……」

おちづは急に困惑した表情になって口ごもった。

「あたしもくわしい話は聞けなかったんです」

と、おちづは口惜しそうに言う。

「そうか。おちづさんには殊勝な物言いをしていたようだから、本当のことをしゃべっているかと思ったんだけれどね」

「確かに殊勝なことも初めは言ってたんですけれど……。あたしが附子《ぶす》のことを尋ねたら、急に機嫌が悪くなっちゃって」

あの人、気分屋なんですよ——とさほど怒っているふうでもなく、おちづは言った。

「附子のことだって!」

おちづの何の気なしの言葉に、泰山は驚きの声を上げた。泰山自身、附子の中毒を疑っていたが、その診立ての内容は竜晴以外の誰にも——千吉本人にも話していない。

「おちづさんはどうしてそんなことを尋ねたんだ?」

「千吉は附子を飲んで、ああなったんじゃないんですか?」

逆に、おちづは泰山に訊き返した。

「あたし、千吉がいなくなった晩、附子を持っているのを見たんです」

おちづは隠し立てする様子もなく告げた。

その晩、二人は逢引《あいびき》きに使われるような安宿で待ち合わせていたのだということを、少し遠回しに告げた後、

「あの日の千吉は、様子がおかしかったんです」

と、おちづは続けた。

寒くもないのにぶるぶる震えており、顔色も悪かった。それに、着物も土埃《つちぼこり》でひどく汚れており、血痕もついていたという。それなのに、千吉の体に傷が見当たらないのを、おちづは不思議に思ったそうだ。

「とにかく、千吉を休ませてる間、汚れを落とせるだけ落としてやろうと思って、着物を預かったんです。そしたら、袂《たもと》からおかしな紙包みが出てきて……」

「それが、附子だったのか」

「はい。あたしがこれは何なのって訊いたら、勝手に触るなって怒鳴ったんですよ。何かあるなって、すぐに分かりました。それで、こっちも負けずに怒鳴り返してやったんです。それが何だかちゃんと説明しやがれって。そしたら渋々だけど、附子っていうものだって教えてくれました。三河屋さんで扱ってる薬草らしいんだけど、分量を間違えると毒になるもんだって」

「ああ。確かに附子は漢方の薬として使われるが、大量に飲めば毒になるものなんだ。毒の時は『ぶす』というが、薬の時は『ぶし』という」

「千吉は『ぶす』と言ってました。で、その時の剣幕ときたら、ふつうじゃない感じで。あたしは馬鹿だから、千吉はあたしのことを心配してくれたんだろうって、いい気になったりして。その時は深く考えてみなかったんです。でも、その晩遅く、千吉が姿を消しちまって」

これまで勝手に帰るようなことは一度もなかったという。嫌な予感がしたから、一日捜し回った後、その翌日には思い切って三河屋まで押しかけた。そこで、泰山と出くわしたのだと、おちづは語った。

「意識を失くした千吉を見て、あの毒草が関わってるんだって、すぐに思い当たりました。だって、ちょっと前まで平気の平左《へいざ》だった人が急に倒れるなんて、おかしいでしょう？」

「まあ、そういうことも絶対にないとは、医者としては言い切れないがね。千吉の件に関しては、おちづさんの見立ての通りで間違いないと、私も考えている」

泰山の言葉に、おちづは少し得意げな表情を見せて微笑んだ。蓮っ葉な娘に見えるが、なかなか賢いし、情も深い。それに笑うと少し幼く見えて、もしかしたらまだ二十《はた》歳《ち》前なのかもしれないと、泰山は思った。

「ねえ、お医者の先生」

不意におちづは笑みを消し、生真面目な表情になって言った。

「千吉はもう、附子を隠し持ってたりしませんよね」

そう言われて、泰山は思わずどきっとした。

千吉が附子を自ら持っていて、それを飲んで重態に陥ったのだとしたら、自ら死のうとしていたとも考えられるのだ。千吉がその望みを捨てたとは言い切れず、おちづの不安も根拠のないことではない。

「千吉の治療をする際、持ち物も検めているから、まさか隠し持ってるとは思わないが……」

できるだけ注意しようと、泰山は請け合った。

「よろしく頼みます」

おちづは生真面目な口調で言い、最後は丁寧に頭を下げると、明日もまた来ると言って去って行った。

「千吉さんは死にたがっていたかもしれない、というわけか」

おちづが帰った後、竜晴は呟いた。

太一の首を埋めたのは千吉らしいが、千吉が死にたがる理由とどう結びつくのか分からない。千吉が太一を憎んで殺したのか。兄弟で一緒に死のうとして、千吉だけが助かってしまったのか。

「まったく何が何だか分からないよ」

情けない声を出して、泰山がぼやいた。しかし、すぐに気を取り直すや、

「こうなると、ますます千吉から目を離すわけにはいかなくなった」

慌ただしく居間を出て、千吉の休む部屋へと向かった。

その翌日、千吉はろくに口は利かぬまでも、泰山の処方した錨草の煎じ薬と枸杞茶を飲み、食事も摂っている。おちづも約束通り、昼の間に小鳥神社へやって来て、甲斐甲斐《かいがい》しく千吉の世話を焼いていた。

おちづには千吉も口を利いていたようだが、帰りがけに尋ねたところでは、今度の一件についてだけは口を割らないのだという。

天海からも三河屋からも何も言ってくることはないまま、この日は過ぎた。

そして、その翌日。千吉が神社へ運ばれて四日目のことである。

まだ夜も明けきらぬうちに、泰山が慌てふためきながら、竜晴の寝所の戸を叩いた。

「おい。起きてくれ。大変なことになった」

さすがに戸を開けはしなかったが、竜晴が起きるまであきらめる気配がない。最初に泰山の声に気づいたのは抜丸であった。竜晴が寝ている部屋ならば、泰山が踏み込んで来ることもあるまいと、付喪神たちは相変わらずそこを寝床としていたのである。

抜丸は鎌首をもたげ、竜晴の耳もとまで這って行った。

「竜晴さま、起きてください」

耳もとでささやく。

「……なんだ」

竜晴が半分眠ったまま、声を出した。

「お、起きたか」

気配を察し、泰山が寝所の外で声を上げる。抜丸は外へ出て話をしてやってくれ、とばかり、頭で外の方を示すようにした。

竜晴はあくびを嚙《か》み殺しながらも起き上がって、戸に向かった。この部屋に泰山を入れてはならないということは、すっきり目覚めていない状態でも分かっている。部屋の戸を開けるなり、

「大変なんだ」

泰山が飛びかからんばかりの勢いで叫んできた。竜晴は廊下に出ると、後ろ手に部屋の戸を閉め、「何があった」と訊いた。

「千吉がいなくなった。私が寝ている夜のうちに、起き出して外へ出たんだ」

「何だって」

竜晴の目は完全に覚めた。

「よし、まずは敷地の中をよく捜そう」

竜晴は落ち着いた声で告げた。

「三河屋さんのところへは、夜明けを待って知らせる。三河屋に帰ったこともあり得るからな。ひとまず捜せるところを捜しつつ、番屋に届けるかどうかは三河屋さんと相談した方がいい」

竜晴の沈着ぶりにいささか気圧された様子で、泰山は「そ、そうだな」と呟いた。

そして、己の慌てぶりを恥じ入るように、冷静さを取り戻していった。

「慌ててしまってすまなかった」

「誰しも慌てることはある。それに、千吉さんが動けるほどに快復していたのは悪い話でもない」

「ああ。しかし……」

泰山はわずかに言いよどむ。

「千吉さんが行き倒れるのではないかと、心配なのか」

竜晴が代わって言うと、「いや」と泰山は首を横に振った。

「ふつうに歩くだけなら、行き倒れたりはしないはずだ。夜が明ければ駕籠《かご》だって拾えるだろう。それよりも、心配なのは……」

「千吉さんが自害するのではないか、ということだな」

泰山は無言で竜晴を見つめ返す。

「気持ちは分かる。おちづさんも案じていたことだ」

竜晴は泰山の肩に手を置いた。

「まずは、できることからしよう。お前は神社の周辺を頼む。中は私がとくと捜しておく」

竜晴の言葉にうなずくと、泰山は部屋の前から去って行った。

竜晴は部屋に戻って戸を閉めると、中の様子に目を凝らす。夜が明けきっていないので薄暗いが、慣れればものの輪郭くらいは見えた。

「小烏丸は起きたか」

竜晴が小声で尋ねると、

「うう、ああ、ああ。抜丸に首を絞められた」

小烏丸が情けない声で応じた。眠り込んでいたところを、抜丸に無理やり起こされたということらしい。

「千吉さんがここを出たそうだ。泰山と私も主なところを当たるが、お前たちの方がうまく見つけられるだろう。小烏丸は抜丸を連れて上空から千吉さんを捜してくれ。見つけたら抜丸をその場に残し、お前は知らせに戻って来ること。抜丸はくれぐれも千吉さんが自害などせぬよう見張っていてくれ。そうしたそぶりを見せたら、何としても邪魔するんだ」

お前たちならうまくやれるだろう、と竜晴が言うと、小烏丸は「おう」と鳴き、抜丸は長い舌を出して「お任せください」と言った。

「まずは、上野の山へ行ってくれ。太一さんの首が見つかった不忍池のほとりに近く、何と言っても江戸の鬼門だ。さまざまなモノが集まる上、気の力も強く働く。無意識のうちに千吉さんが引き寄せられていたとしても不思議はない」

竜晴の言葉に、小烏丸が「分かった」と応じた。

「では、頼むぞ」

竜晴は廊下の戸ではなく、庭に通じる明かり障子を開けた。抜丸は間違っても振り落とされることがないようにと、カラスの足に何重にも絡みついている。

用意が調うと、小烏丸は羽を広げて、夜明け間近の小暗い空へ飛び立って行った。

それを見送った後、竜晴は障子を閉め、自らの支度を調えてから居間へ向かった。

二

「何とも飛びにくいな」

羽ばたいてから間もなく、小烏丸は文句を言った。抜丸が右足に絡みついているので、そちらに重みがかかり、うまく均衡を保てないのである。

「情けない奴だ」

抜丸は遠慮なく言った。

「こういう時くらい、竜晴さまの役に立たなくてどうする？　日頃、何の益ももたらさぬカラスめが」

「このまま地面へ叩きつけられたいのか」

小烏丸が憎らしげに言い返すと、抜丸も負けじとばかり、

「やれるものならやってみなさい」

と、言ってのけた。

「そのことが竜晴さまに知られて困るのは、私ではなく、お前の方だと思うが」

「おのれ」

と、腹立たしげに喚《わめ》いたものの、小烏丸は言い負かされた。

「ところで、上野の山へ向かって間違いなく飛んでいるのだろうな」

抜丸が疑わしそうな口ぶりで尋ねた。

「我を誰だと思っている。小烏丸さまだぞ」

小烏丸がふてぶてしい物言いで言い返す。

「はん」

と、抜丸は小馬鹿にしたような調子で、赤い舌を出したが、思い直した様子で、

「上野の山には気をつけた方がいい」

と、小烏丸に忠告した。

「お前は前におかしな男に引っかかって、我を忘れ、天海大僧正につかまるという失態を犯している。お前を責めたい気持ちは大いにあるが、何かよくないモノに引っかかったこともあり得るだろう。竜晴さまもおっしゃっていたが、鬼門にはさまざまなモノが集まる」

小烏丸は鼻の穴を膨らませ、何事か言い返そうと嘴を動かしたが、これも思い直したようにいったん嘴を閉じた。

それから、「確かにな」と応じた。

「あの千吉とやらいう男は死にたがっているかもしれないと、竜晴が言っていた。それが本当なら、なおのこと、よくないモノに引き寄せられる見込みが高い」

「その通りだ」

抜丸が満足そうに応じた。

「では、まず上野の山を隈《くま》なく捜し、見つからなければその後、どこへ行くか考えよう。しかし……」

小烏丸が体の向きを変えながら、つと口をつぐむ。

「何だ」

「いや、あの男、呪詛の言葉を口にしていたな」

「うなされていた時の『死んでくれ』とかいうあれのことか」

「そうだ。これまでの状況からして、呪詛の相手は兄だったのだろう」

「それは、私も同じ意見だ。竜晴さまもそう思っておられるだろう」

「としたら、兄の死は言霊の力によるものなのか」

小烏丸は思い切った様子で訊いた。

「言霊か……」

抜丸はめずらしく明言を避けた。

「千吉はうわごとで兄を呪詛していた。無意識で口にするくらいだから、その執念の深さは想像に余りある。とすれば、言霊で兄を死に至らせたとしても……」

「いや」

　この時、抜丸は小烏丸の言葉を遮《さえぎ》った。

「言霊は誰でも操れるものだが、力の差はある。あの千吉の言霊に人を死なせるほどの力はない」

「そうだな。賀茂氏の血を引く竜晴なら話は別だが、あの男はふつうの人間だ」

「そうだとも。竜晴さまのような人間はいない」

　抜丸がどこか恍惚《こうこつ》とした声で返事をする。

「なあ、竜晴はこのところ変わったと思わないか」

　話が竜晴のことに向かったところで、小烏丸はふと思い出したというふうに尋ねた。

「今も時折、ぎょっとするような冷たいことを言うが、それもごくまれになった。竜匡が亡くなった頃とは明らかに違う」

「それはまあ、そうだろうな」

　と、抜丸は同意した。

　今の竜晴は、情を解する人間ならば決して言わぬ類の言葉を、口にしたりはしないだろう。だが、「その種の言動は人としておかしい」と学んだから、それに合わせて振る舞うのでは、以前と何も変わらない。

小烏丸が「竜晴は変わった」と言うのは、もちろんその違いを踏まえてのものであり、抜丸にもその考えは伝わっているようであった。

「竜晴さまは、お前が大僧正に捕らわれた時も、お前をお見捨てにならなかった。あの千吉とかいう男を家へ入れるのも、医者先生を泊めるのも受け容れられた」

抜丸はどことなく力のない声で呟いた。その理由が小烏丸には何となく分かる気がした。

「我はあの医者先生のせいではないかと思うぞ」

小烏丸の披露した見解に対し、抜丸は無言のままであった。

「とにかく、情が理に勝る男だ。ま、どちらがいいのか、我には分からぬが」

「竜晴さまがあの医者のせいで変わってきた、だと?」

抜丸は少し不機嫌そうな声を出した。

竜晴が自分たちの働きかけで変わるのはいいが、余所者の作用が竜晴に及ぶのは気に食わないといったところか。そんな抜丸の気持ちが、小烏丸には丸見えだった。

かつて自分もそのことでもやもやした気分を味わったのだ。しかし、小烏丸は自分のことを棚に上げ、

「人間ごときに妬《ねた》むなよ」

と、抜丸を小馬鹿にするように言った。

「私は妬んでなど――」

抜丸は言い返そうとしたが、その声に「上野の山に着いたぞ」という小烏丸の叫び声がかぶさった。そして、その声も終わらぬうちに、小烏丸は勢いよく降下し始める。

抜丸は慌てて小烏丸の足にいっそう強くしがみついた。慣れない滑空と急降下に気を取られ、抜丸は何を言い返そうとしていたのか忘れてしまった。

三

小烏丸と抜丸の付喪神二柱を送り出した後、竜晴と泰山は小烏神社の中と周辺を捜し回ったが、千吉は見つからない。そのうち夜が明けてきたので、泰山は一人で

三河屋へと出かけて行った。

先に朝餉を食べていてくれと言われたが、抜丸もおらず、泰山もいない状況では、食べようにも食べられない。竜晴は湯を沸かして麦湯を淹れ、それを口にしながら、泰山の帰りを待った。

千吉が三河屋へ帰っていればよいが、おそらくそうではないだろう。

(泰山の目をごまかしてまで、千吉さんが行かねばならぬと思うところとは……)

やはり、太一がからんでいるのだろう。

そうなると、付喪神を向かわせた上野山の方が見込みもある。上野山でやり残したことがあるか、さもなくば、兄の亡骸が発見されたのと同じ場所で、自分も死のうと思うのか。

泰山が出て行ってしばらく経《た》った朝五つ半(午前九時)の頃、家の玄関口に物音がした。小烏丸なら庭に舞い降りるはずで、泰山かと思いながら玄関へ出向くと、

「宮司殿はおられるか」

太い男の声である。

「寛永寺より参った。大僧正さまより宮司殿への書状をお預かりしてござる」

大柄の男は天海の使者で、田辺《たなべ》と名乗った。

「大僧正さまがお呼びですので、すぐに寺まで足をお運び願いたいのだが」

いつもならすぐに出立できる竜晴も、この日は泰山と付喪神たちの帰りを待つ身である。

「急ぎの御用でしょうか」

念のため訊き返すと、田辺ははてと首をかしげた。

「それがしは内容まではお聞きしておらぬゆえ。ただ、賀茂殿の供をしてお連れせよとのこと」

田辺は竜晴を残して帰るつもりはなさそうだ。

泰山や付喪神たちも出先で何があるか分からぬ状態であるし、いつまでも待ってはいられない。留守居の者がいなくなるが、さほど貴重な品があるわけでなし問題あるまいと、竜晴は考えた。

いったん居間へ戻って、泰山宛ての置き文を残し、戸口には錠をささずに出かけることにする。

「あら、お出かけでございますか、宮司さま」

ちょうど玄関へ引き返した時、出くわしたのは花枝であった。竜晴が出かけるところと知り、ひどく残念そうな表情を浮かべている。

「ああ、花枝殿、ちょうどよかった」

「えっ、何がよかったのでございますか」

何であれ竜晴を手助けできるのであれば嬉しいと言わんばかりに、花枝は訊き返した。

「私は急ぎの用ですぐ出なければならないのですが、さほどかからずに戻って来るつもりです。その間に医者の立花泰山が来ると思うのですが、もしお暇があれば、それまで留守を預かってくださらないでしょうか」

「私が宮司さまのお宅をお守りするということですか」

花枝は顔を輝かせた。

「泰山には置き文を残してありますが、私は出かけたと伝えてください。あ、でも、花枝殿の御用がおありなら、いつでも帰ってくださってかまいません。戸の錠はささなくていいですから」

「暇など、宮司さまのためであれば、いくらでも作りますわ」

花枝は竜晴の顔をうっとりと見つめながら言う。

「では、後を頼みます」

竜晴は早口で言うなり、花枝の横をすり抜けて歩き出した。

「ああ。花枝殿の御用はこの急用を果たした後、必ず伺います」

思い出したように付け加えた竜晴に、花枝は「いつまででもお待ちしております」とにこやかに答えた。

田辺は本殿の脇のところに立って、竜晴のことを待っていた。

「お待たせいたしました」

竜晴が言い、田辺が先に立って歩き出すと、花枝は鳥居のところまで見送りに出て来た。そして、竜晴の姿が見えなくなるまでその場に佇み、それからいそいそと神社の中へ戻って行った。

上野山には、小烏丸と抜丸が千吉の探索に赴いているはずである。もしかしたら、まだここにいるかと様子を探ってみたが、付喪神たちの気配は感じられなかった。

千吉を見つけていれば、小烏丸がすぐに舞い戻って来るはずなので、上野山で見つけることはできなかったのだろう。別の場所へ向かったのだろうが、彼らの勘に任せておけば間違いはないはずだ。

竜晴は上野山の寛永寺門前まで来ると、そのことは頭の隅へ追いやり、天海との対面に集中することにした。

門番は田辺の姿を見ると、難なく中へ通してくれた。

「このまま庫裏へとお進みくだされ。それがしはこれにて失礼いたす」

庫裏の見える場所まで来ると、田辺は足を止めて、竜晴を促した。竜晴はそのまま庫裏へと進み、前の時と同じように天海の部屋まで案内された。

「おお、お待ちしていた」

天海は待ちかねた様子で、竜晴に座を示した。小僧が茶と菓子を持ってくるのを待って、誰も近付けるなと厳命した後、天海は語り出した。

「例の首は、確かに三河屋の息子のものだと判明いたした」

助力に礼を申すと続けて、天海は軽く頭を下げた。

「いいえ、あの件は立花泰山殿あればこそですので」

竜晴は慎ましく答える。

「して、この度、賀茂殿をお呼びしたのは、あの者の胴がこの山中で発見されたゆえのこと」

「胴が……。そうでしたか」

竜晴は低い声で応じた。

「奥深い林の中から見つかったそうな」

その上には腐葉土や枯れ葉がかけられていたが、土の中に埋められた形跡はなかったという。また、その近くからは首を斬るのに使ったと思《おぼ》しき長脇差と鎌も見つかった。そちらは、土の中に埋められていたらしい。

「胴に傷跡などはあったのですか」

「いや、特に傷跡は見当たらず、また呪詛めいた跡もなかった。ただ、首と胴をそろえて医者に検分させたところ、毒死という診立てでしてな」

「何の毒か分かったのでしょうか」

「亡骸の診立てからはっきりとは分からなかったのだが……。たやすく手に入る毒で、人を死に至らしめる毒となると附子くらいだそうな」

「附子ですか」

泰山の診立てやおちづの話からすれば、千吉が飲んだのも附子でほぼ間違いない。

だが、竜晴はそのことを天海に告げはしなかった。

「聞かせたい話とはこれだけではござらぬ。こちらでも三河屋のことを調べさせたところ、太一の弟千吉のことが分かってきた。千吉は遊び人で、親や兄たちを嘆かせていたそうな」

天海はじっと竜晴の顔を見据えるようにした。

「確か、その千吉は具合を悪くして、貴殿の神社で預かっているという話でしたな」

「さようです」

竜晴は落ち着いた声で答えた。

「千吉の容態は快復したのですかな。それとも、もう実家へ帰したのであろうか」

天海の眼差しは明らかに竜晴の表情をうかがっている。竜晴はどう答えたものかと思いつつ、訊かれていないことに答える義理はないと考えた。

「容態は快復しつつあります。実家へは帰していません」

淡々と答えた後、先手を打って自ら問いをくり出す。

「大僧正さまは、千吉さんが太一さんを殺し、呪詛を行ったと疑っておられるのですか」

「……そこまではまだ考えておらぬ」

切り返された形の天海は、渋々といった様子で答えた。

「太一さんの首が見つかった日の前々日の晩、上野山にいた怪しい男の話ですが」

竜晴は自分からその話を切り出した。

「左耳がいびつな形をしていた男ですな」

「はい。千吉さんの左の耳には火傷の痕がありました」

そう打ち明けた竜晴の言葉に、天海は驚かなかった。

「ならば、なおさら千吉には話を聞かねばなりますまい。今は貴殿が預かっているというゆえ、役所へ召し出すこともしていないが、そのことはくれぐれもお忘れなきように」

天海が鋭い目を、竜晴に据えて告げた。竜晴は少し難しい表情を作った。

「そういうことであれば、私も心してかからねばなりませんが、今は氏子の娘御に留守居を頼んでおりまして。千吉さんの見張りまでは頼んでまいりませんでした」

「貴殿には付喪神が二柱もいるではないか。どちらかに留守を任せてこなかったというのか」

天海が驚きに目を見開いて尋ねた。その声にはそれまでになかった焦りが滲んでいる。

「付喪神たちは別の用で出かけておりました。生憎、医者の立花泰山殿も出ておりまして」

竜晴は天海に口を挟ませる隙を与えず、さらに続けた。

「おそらく、太一さんの首を埋めたのは千吉さんでしょう。だからといって、千吉さんが太一さんを殺したとは限らない。そして、千吉さんがなぜ首の始末などをしたのかは分かりません。無論、私どもも千吉さんに探りを入れてみましたが、今のところ話そうという気配がない。この件について、あまり焦って千吉さんを追い詰めるべきではないと、私は考えております」

竜晴が口を閉ざした後も、天海はしばらくの間、気圧されたように口を開かなかった。ややあってから、

「拙僧は役人ではないのでな」

と、ぽつりと呟くように言う。

「弟が兄を殺したとあれば、ゆゆしき話ではあるが、町役人が始末をつければいいことで、拙僧の関わるところではない。拙僧が知りたいのは、なぜ上野山に首を埋めたのかということ。さらには、それがいかなる呪詛かということのみ」

「無論、私も呪詛が行われたとあれば、それを見過ごすつもりはございません」

竜晴は落ち着いた声で告げた。

「貴殿の考えを訊きたい。その千吉という弟は兄を殺したと思われるか」

「私の感じたままを申し上げますなら、五分五分としか言えませぬ」

竜晴の返事に、天海の落胆した気配がありありと伝わってきた。

「ただし、千吉さんが兄を殺した上、さらに呪詛するため、首を斬って埋めたということだけはないと考えます」

竜晴がそう続けると、天海が再び鋭い眼差しになって、「何ゆえかな」と問いただした。

「出来のよい兄を持て余し者の弟が妬んでいた、ということはあるかもしれません。しかし、それならば兄を殺した時点で憎しみは晴れるのです。さらに首を斬る意味はありません」

「殺したくらいでは飽き足りなかったのかもしれませぬぞ。死んだ兄の首を落として、さらに呪詛をかけたとも考えられよう」

「いいえ、死者に呪詛をかけることはありません。死者から呪詛をかけられることはあっても、その逆はない。つまり、首を埋めたのは呪詛以外の理由からという推測も捨てきれません。また、呪詛ならば、兄の首を使って兄以外の誰かを呪詛したということになりましょう」

「それは、まさか」

天海の顔が強張った。

太一の首は、目を見開いた上、千代田の城を見据えるように埋められていた。天海が最も案じるのは、その呪詛が将軍を標的にしたものであるということだ。

「お城におられる方への呪詛を疑っておいでかと存じますが、一介の商人の倅ふぜいがお城のどなたを呪うというのか、それこそ理解が届きません」

天海の内心を推し量って、竜晴は言った。

「この事件にはもう一つ、我々の見えていない何かがあると思います。千吉さんを問い詰める前に、今少し時をいただきたいのですが」

天海は少し考える様子で沈黙していたが、ややあってから、覚悟を決めた様子で口を開いた。

「この一件は賀茂殿にお願いいたした。それが最もよい策とお思いなら、そう動かれればよろしい」

きっぱりとした口ぶりに迷いはない。それから、天海は少し表情を緩めて続けた。

「正直、こちらの強引な頼みごとに、気が進まないのではないかと思うておりました。しかし、こちらが思う以上の熱心なお働きぶり」

その声には心がこもっているので、あながち口先だけのものではないようである。

「賀茂殿にとって、あの付喪神がそれだけ大事なるものということですかな」

そう続けられた天海の言葉に、別にそういうわけではない、と言いかけた竜晴はふと思いとどまった。

「この件が解決したら、小烏丸のことで一つ、大僧正さまにお尋ねしたいことがあります。こちらの問いかけに、隠し立てせずお答えいただけるでしょうか」

思わせぶりな物言いに、天海は少し用心するような目の色を浮かべたものの、優先するべきは生首の事件を解決することだと思い直したのか、一拍置いた後、「分かり申した」と答えた。

「そのためにも、一日でも早い解決を望んでおりますぞ」

「そう努めましょう」

竜晴は静かに答え、天海のもとを辞した。

四

竜晴が小烏神社へ戻った時には、昼四つ半（午前十一時頃）を過ぎていた。花枝はまだ神社に留まっており、泰山も戻って来ていた。

二人とも居間にいたが、泰山は膳を前に置き、箸《はし》を手にしている。

「三河屋さんでは千吉の行方は分からなかった。お前が出かけていると知り、私もまた千吉を捜しに出ようとしたんだが……」

泰山がどことなく気まずい表情で言い訳した。

「私がお止めしたんです。だって、泰山先生ときたら、こちらへいらした時、ふらふらだったんですよ」

泰山のことだから、行きは三河屋まで走って行ったのだろう。帰りはそこまで急がなかっただろうが、千吉が見つからないことへの焦りは増していたに違いない。思い当たる場所をあっちへ行き、こっちへ寄りなどしているうちに、ふらふらになったのだろうと、竜晴は想像した。

「聞けば、朝餉もお召し上がりにならず、夜明け前から走り回っていたというじゃありませんか。そんなんじゃ、いざという時に馬力が出ないし、せっかくの頭も働かなくなりますよって申し上げたんです」

花枝が遠慮のない口ぶりで説明した。

「それで、実に申し訳ないことだったが、花枝殿に膳の支度などしていただいてな」

と、恥ずかしそうに言い添えた泰山は「あっ」と声を上げた。

「そういえば、竜晴。お前もろくに食べていないんじゃないのか。昨日の残り物に手をつけた様子もみられないし」

泰山が言うと、竜晴が返事をするより早く、「まあ」と花枝が痛ましげな声を上げた。

「私ったら気づきもせず。今すぐに宮司さまのお膳もご用意いたします」

そう言い置き、花枝は飛び立つように台所へと向かう。

「実に気立てがよく、賢い人だよ」

箸を動かすことも忘れ、花枝が去って行った戸口に目を向けたまま、泰山がしみじみと呟いた。

「お前、花枝殿のことを知っていたのか」

「道で会えば挨拶くらいはするが、親しく口を利いたことはなかった。お前こそ」

と、泰山は竜晴に少し恨めしそうな目を向けた。

「花枝殿がここへよくお見えになると、どうして言ってくれなかったんだ」

「なぜ、お前に言う必要がある？」

竜晴が訝しげに訊き返すと、泰山はきまり悪そうに口ごもり、思い出したように箸を動かし始める。二人の会話が途切れてから少しすると、「お待たせいたしました」と声を弾ませ、花枝が竜晴の膳を運んできた。

昨夕炊いた菜飯を握ったものに澄まし汁、筍の味噌和《あ》え、梅干しといったものが並べられている。

「そのう、昨日のお召し上がり物の残りに、ちょっと手を添えただけですけれど」

申し訳なさそうな言葉の端々には、材料がそろっていて暇さえあれば、もっといいものを作ってあげられるのに、という無念さが滲み出ている。

「いやいや、そんなことはありません」

泰山が横から生真面目に口を挟んだ。

「筍の味噌和えは花枝殿が一から作られたもので、実に美味《おい》しくいただきました」

「いえ、そんな……」

花枝は遠慮がちに目を伏せたものの、さほど嬉しそうでもない。

「花枝殿、まことにかたじけないことです。お客人の花枝殿に留守居を任せてしまったばかりでなく、膳の用意までさせてしまったとは……」

竜晴は箸をつける前に、花枝の前に頭を下げた。花枝ははにかみつつも顔を輝かせた。

「まあ、困ります、宮司さま。私が宮司さまのためにお尽くしするのは、当たり前のことでございますのに」

「は？　当たり前？」

　竜晴は頭を上げて、かすかに頰を染めた花枝をまじまじと見つめる。花枝ははっとした表情を浮かべ、慌てて言い訳した。

「いえ、その……氏子が宮司さまのために働くのは、当たり前でございますから」

「それは違います」

　竜晴は静かな声で告げた。

「宮司はただ、神の社の守り人に過ぎません。氏子の方に尽くしていただく理由はありませんよ」

「おい、竜晴。花枝殿の心遣いを前にして、その言い方はないだろう」

　泰山がいつになく非難がましい物言いで、口を挟んでくる。

「おやめください、泰山先生。私が余計なことを申し上げたのがよくなかったのです」

　花枝がすかさず言った。

「私は今日、宮司さまに聞いていただきたいことがあって参りました。ですから、お膳のお世話はそのお礼とお考えいただければ」

　花枝の物言いは、それまでと違い、真剣だった。

　そういえば、花枝が今朝やって来た時、その用向きも訊かずに留守を頼んでしまったことを、竜晴は思い出した。花枝の話とはたいてい毒にも薬にもならぬものなのだが、今日はどうやらそうでもないようである。その雰囲気を感じ取ったらしく、

「大事な話であれば、私は席を外しましょう」と泰山が言った。

「いえ、泰山先生にも聞いていただいた方がいいと思います。三河屋さんに関わることですから」

　花枝の言葉に、竜晴と泰山は顔を見合わせた。

「では、私も聞かせていただきましょう。竜晴は腹を空かしているでしょうから、食べながら聞いてもらうことにしたらいかがですか」

　泰山が花枝に提案する。

「はい。どうぞお召し上がりになりながら、お聞きください」

　花枝は慌てて膳を勧めると、竜晴が箸を手にするのを待って語り始めた。

「先ほど泰山先生から、千吉さんがこちらで治療を受けていたことをお聞きしました。そのお話は初めて聞いたのですが、太一さんの行方知れずの方が町では噂《うわさ》にな

っていて、私も耳にしていたんです」

花枝の言葉に、竜晴と泰山は思い思いにうなずき返す。

「そのことでふと思い当たることがあり、誰かに打ち明けた方がいいと思ったのですが、事が事だけに誰に話せばいいのか分からなくて。その時、宮司さまならばお知恵をお貸しいただけるのではないかと思い、ご相談に参ったのです」

竜晴は握り飯を口に入れながら、花枝の話にうなずいた。

花枝の話しぶりからすると、太一が亡骸で発見されたことはまだ知らないらしい。竜晴はちらと泰山を見たが、泰山が目立たぬように首を横に振ったので、竜晴も黙っていた。

「花枝殿は太一さんをよく知っていたのですか」

泰山が尋ねる。

「いえ、よくというほどではなく、道で行き合えば挨拶するくらいでした。でも、太一さんと親しくしていたあるお方をよく知っていて、もしかしたら、太一さんの失踪にはそのことが関わっているのではないかと思ったんです」

「あるお方とは……？」

泰山が促すと、花枝は少し緊張した面持ちになった。

「お蘭《らん》殿とおっしゃるお方です」

その返事を聞くなり、泰山が息を呑んだ。竜晴はこれという変化も見せず、食事を続けている。花枝が覚悟を据えた様子で語り続けた。

「私もここ数年はお会いしていないのですが、昔は親しくしていただきました。お蘭殿は太一さんとも親しくしていたんです。お蘭殿は太一さんのことを憎からず思っていたのではないかと見える節がありました。お蘭殿のお話しぶりからすると、おそらく太一さんもお蘭殿のことを――」

「お話は大体分かりました」

握り飯を一つ食べ終わり、澄まし汁を口にした後、竜晴は口を開いた。

「しかし、親しかったというわりに、花枝殿はお蘭殿を語る時、ずいぶんと他人行儀な口を利く。もしや、お蘭殿はご身分の高いお方だったのですか」

竜晴の問いかけに、花枝は少し困惑した表情を浮かべ、一瞬、泰山の方をうかがうようにした。

「お蘭殿なら私も知っている」

助け舟を出すような調子で、泰山が言い出した。

「いや、私自身は存じ上げないが、噂くらいは耳にした」

続けて、「お前は知らないのか」という眼差しを竜晴に向けたが、何も思い当たらぬ竜晴は平然と二つ目の握り飯を食べ始めている。

「お蘭殿は古着屋の娘で、元はそうかしこまらねばならぬ身分ではなかった。花枝殿が親しくしていたのはその当時のことでしょう。しかし、今はおいそれと口にすることのできぬお方になられたんだ」

泰山の遠回しの物言いで、竜晴はおおよそのことを理解した。

「要するに、お蘭殿は御殿勤めに上がられて、やんごとなきお方のお手付きになったのですね。その御殿とはもしや千代田のお城ですか」

竜晴の言葉に、花枝と泰山は顔を見合わせ、やがてゆっくりとうなずいた。再び花枝が口を開く。

「お蘭殿は公方《くぼう》さまの乳母《めのと》さまのお目に留まり、大奥勤めとなられました。今となってはもう、どのようにお暮らしなのか、知ることもできません。でも、それは三年以上も前のことで、今さら太一さんがどうこうできるようなことではないんです。

どうこうしたいのなら、お蘭殿が大奥へ上がる前にするべきでしたし、そのことは太一さんもよく分かってたんじゃないでしょうか」

「太一さんはお蘭殿や公方さま、果ては乳母さまを逆恨みするようなお人だったのでしょうか」

竜晴の問いかけに、「とんでもない」と声を上げたのは泰山だった。

「太一さんとお蘭殿の話は知るべくもなく、正直驚いているが、太一さんの人柄ならよく知っている。太一さんは決して誰かを逆恨みするような人ではない」

「私も、太一さんについての悪いお話など聞いたことはありません。もちろん昔のお蘭殿からも」

と、花枝も言い添えた。

「ならば、お蘭殿への恋心がいまだに残っていたとしても、そのことと失踪に関わりがあるかどうかは、何とも言えませんね」

竜晴はゆっくりと自分の意見を述べた。それを耳にするなり、

「やはり宮司さまもそう思われますか」

花枝は安心した様子で、ほっと息を吐いた。どうやら竜晴からそう言ってもらい

たかったようである。

「私もそう思ったのですが、もしや太一さんが家も店も捨てるつもりになったんじゃないかと不安になってしまったんです。もしかしたら、お蘭殿とのことは親御さんも知らないことかと思ったりもして」

「そのことを三河屋さんに打ち明けるべきかどうか、悩んでおられたのですね」

「はい」

花枝はこくりとうなずいた。

「でも、下手《へた》をすると、太一さんのご名誉を損なう話になりかねませんし、万一にもお蘭殿のご迷惑になったりしては、それこそ取り返しがつきませんから」

「もしかしたら、いつか三河屋さんに打ち明ける時が来るかもしれません。しかし、今は太一さんのためにもお蘭殿のためにも、黙っていることが賢明だと思います」

竜晴は優しく告げた。

「ありがとうございます、宮司さま。それに、泰山先生も。話を聞いてくださって、ようやく気が晴れました」

「それはよかった。こちらこそ、美味しい筍の味噌和えをごちそうさまでした」

膳に載せられた皿をすべて平らげた竜晴が言うと、花枝は「そんな……」と恥ずかしそうにうな垂れてしまった。

その後、明るい表情をした花枝が帰って行くと、残った二人はたちまち顔を引き締めた。

竜晴はまず、太一の胴が見つかったこと、毒を飲んで死んだらしいという医者の診立てについて、泰山に告げた。泰山もまた、千吉は三河屋にいなかったものの、太一について分かったことがあるのだと言う。

「先ほどの花枝さんの話も貴重なものだが、もしかしたら私の話とも関わっているかもしれない」

「ほう」

「三河屋を出たところで、ちょうど顔見知りの医者と行き合わせたんだ。昨日、おかみさんが寝込んじまったんで、様子を見に来たと言っていた」

「三河屋の一家がかかっている医者はお前ではなかったのか」

竜晴が尋ねると、泰山は違うと答えた。三河屋には先代から世話になっている医者がおり、泰山が診療を頼まれたことは一度もないのだという。

「その時、太一さんと千吉のことを訊いてみたんだよ。近頃、具合を悪くすることはなかったか、日頃から薬を飲んでいなかったか、とか」

すると、医者の表情が変わったという。それで何かがあると、泰山は確信した。

「初めは渋ってたんだが、千吉の治療に当たるからにはくわしく知る必要がある、千吉の容態は太一さんの死とも無縁じゃなさそうだと粘ったんだ」

すると、最後には医者も渋々ながら打ち明けてくれたという。

「何と、太一さんは心の臓を患っていて、ここ数年、治療を続けていたんだそうだ」

泰山は一息に告げてから、一度深呼吸をした。

「治癒の見込みは立たず、長くは生きられぬ体だったらしい。仕事も辞めて養生するよう説得しても、承知しなかったそうだ。どうせ長く生きられぬなら、その間に親孝行したい、店のために働きたいと言ってね。病のことは親御さんも知っていたが、そこまで重いとは知らなかったそうだよ」

太一がくわしい病状は伏せてほしいと、医者に口止めしていたらしい。

「花枝殿の話と合わせれば、死ぬ直前の太一さんからは生きる望みが失われていたということだな」

竜晴が言うと、泰山はうなずいた。

「ああ。どっちかが欠けていれば、死のうとまでは思わなかったかもしれないがね」

「なるほど。しかし、その推察には千吉さんの出てくる余地がない」

「千吉は……少なくとも幼い頃は、太一さんをとても慕っていた。太一さんから切に頼まれれば、どんなことでも引き受けたかもしれない。たとえば、その……死ぬのを手伝うというようなことでも」

最後はかなり躊躇《ためら》うような口ぶりで、泰山は告げた。

「死ぬことを願った太一さんが、その介添え役を弟に頼んだ。ひいては、死んだ後の始末のことを頼んでいったというわけか」

竜晴は淡々と話をまとめた後、少し沈黙していたが、

「よし、すぐに行こう」

と、唐突に告げた。

「行くってどこへ？」

泰山が驚きの目を向ける。

「三河屋だ。案内を頼む」

「三河屋へ行っても、千吉はいないし、あの親御さんたちからまともな答えは返ってこないぞ」

「千吉さんではなく、太一さんの話を聞かせてもらうのだ。太一さんのことなら、いくらでも語ってくれるのではないか」

「それは……」

割り切れない思いを抱えたままのようではあったが、泰山はやがてうなずいた。

「太一さんの遺《のこ》した品もあるだろう。お蘭殿につながるものは処分されたかもしれないが、少なくとも三河屋では附子《ぶす》、いや、薬としては『ぶし』というのだったな、そのことが分かる」

竜晴の言葉に、泰山ははっとした表情を浮かべた。

「そうだな。千吉の行方を追うのに必死で、さっきは頭になかったが、附子《ぶし》は三河屋でも扱っているはずなんだ。もちろん使い方によっちゃ、死に至る毒になるのだから、取り扱いは厳しくしているはずだが」

「しかし、太一さんや千吉さんなら手に入れられたかもしれない。店の品に手をつけるのが無理なら、他にどうやって附子を手に入れたのか、調べる必要も出てくる」

竜晴がそう言って立ち上がると、つられたように泰山も立ち上がった。

「私は三河屋さんへ何度も足を運びながら、附子のことを失念していた。本当に情けない……」

泰山は恥ずかしそうにうつむいている。

「附子のことが分かれば、千吉さんの居場所の手がかりになるかもしれない」

竜晴が言うと、泰山は「そうだな」と顔を引き締めた。

「千吉さんの捜索は一刻を争う。急ごう」

部屋を出る竜晴の背中を、泰山は慌てて追いかけた。

五章　善事も一言

一

三河屋は上野の南寄りにある薬種問屋であった。大勢の奉公人を抱えた大店で、太一のことがあった後も店は営んでいる。竜晴たちが入った時にも五人ほどの客がおり、手代らが相手をしていた。

帳場には四十がらみの痩せた男が座っており、「あれは番頭さんだ」と泰山が教えてくれる。

「いらっしゃいませ。どんな御用でしょうか」

と、声をかけてきた小僧に、ご主人にお会いしたいという旨を伝え、その後、番頭の指示で二人は奥へと通された。

店の奥は、渡り廊下で主人一家の住まいへとつながっている。店からはかなり離れた静かな部屋で待っていると、やがて、羽織姿の男が現れた。福々しい丸顔をしているが、肌の色は悪く、目は落ちくぼんでいる。

「三河屋の小父《おじ》さん、またお邪魔してます」

泰山が挨拶すると、三河屋の主人は虚ろな目を向けた。

「ああ、泰山さん。お会いしたのは四日前でしたか」

三河屋はぼそぼそと呟くようにしゃべった。

「何をおっしゃっているんですか。千吉が戻っていないか訊くために、今朝こちらへ伺ったばかりではありませんか。小父さんとも顔を合わせましたよ」

泰山は驚きの声を放ったが、三河屋の表情は少しも変わらなかった。

その後、三河屋の目は竜晴の方に向けられたが、虚ろな目に変化は見られない。初対面にもかかわらず、誰なのかと訊くこともなかった。

「こちらは賀茂竜晴殿とおっしゃいます。前にもお話ししましたが、千吉が養生している神社の宮司さんです」

泰山が引き合わせ、竜晴が頭を下げたが、三河屋はうな垂れるように首を動かしただけで、その口からは息子が世話になった礼すら出てこなかった。

「小父さん、大丈夫ですか」

泰山がその膝を揺さぶらんばかりになって尋ねる。

「今朝、千吉が小烏神社からいなくなったと、さっきお話ししましたが、そのことは覚えておいでですか」

「千吉……？　ああ、そういうお話でしたかね」

三河屋はぼんやりとした表情で言う。

「あの後、心当たりを捜すなり、番屋に届け出るなり、なさいましたか」

「……太一は死んでしまいました」

三河屋は唐突に長男の名を出した。

「心当たりを捜したか、ですって。もちろん捜しましたとも。心当たりもそうでないところも、思いつくところは隈なく捜しました。番屋にだってすぐに届けた。けれど、太一はもう……」

「違いますよ、三河屋の小父さん。今は太一さんではなくて、千吉のことを話しているんです。千吉が行方知れずなんですよ」

「千吉？　あの出来損ないは、またふらふらとどこかで遊んでいるんでしょう。放

ってお けばいい。金がなくなれば勝手に戻ってくる」

「何をおっしゃってるんですか。千吉は昨日まで寝ていたんですよ。今だって、ちゃんと快復したわけじゃない。そのこともちゃんとお話ししたではありませんか」

「…………」

「千吉が毒を飲んだ恐れがあり、小鳥神社で介抱しているとお知らせしたら、世話をよろしく頼むとおっしゃったのは、小父さんたちじゃありませんか」

泰山は声を高くして言い募ったが、三河屋の返事はなかった。その目はもはや泰山を見てもおらず、どこかあらぬ所を見ているようである。

「泰山」

それまで黙っていた竜晴が静かに声をかける。泰山ははっとした様子で、「すまない」と呟いた。

「私が声を荒らげることではないな」

「千吉さんのことが心配なのは分かるが、三河屋さんを責めることに意味はない」

「……そうだな」

泰山はうなずき、前のめりになっていた体を元に戻して座り直した。

「それにしても」

竜晴は泰山相手にしゃべり続ける。

「今のような言葉を、千吉さんが始終聞かされていたのだとしたら、たいそうつらかったろう」

多少声を低くしてはいたものの、この近さであれば聞こえぬはずもないだろうに、三河屋の表情はまったく変わらず、目も虚ろなままであった。

「……ああ。千吉が哀れだよ」

泰山はうつむいて、呟くように言う。

「しかし、三河屋さんがこの状態では、附子《ぶし》のことを尋ねることができないぞ」

竜晴が話を切り替えると、泰山も顔を上げた。

「そうだなあ。番頭さんなら知っているかもしれないが、主人の許しがない限り、我々にしゃべってはくれないだろうし……」

思案顔になった泰山は、ふと思いついた様子で言い出した。

「もしかしたら、小母《おば》さんが知っているかもしれない」

「太一さんと千吉さんの母御だな」

「ああ。具合を悪くして寝込んだと聞いたけど、どうだろう」

泰山は再び三河屋に目を戻し、「小父さん」と呼びかけた。

「太一さんと千吉のことで、小母さんに訊きたいことがあるんですが、お話しすることはできますか」

少し間延びした沈黙の後、三河屋は「……ああ」とうなずいた。

「おきわなら……奥にいる」

ゆっくりと答える。

「小母さんは臥《ふ》せっておられるんですか」

「……今朝から起きた」

と、三河屋が言うので、

「なら、ちょっと奥を探させてもらいますよ」

泰山は断ると、竜晴を残し、部屋を出て行った。たぶん女中がいると思うから、様子を尋ねてみるという。

泰山が出て行った後も、三河屋の表情に変化はない。竜晴が異変に気づいたのは、泰山の帰りが少し遅いなと思った時であった。

「……千吉……もう……」

三河屋がぼそぼそと呟いている。千吉という言葉に、竜晴は耳を澄ませた。

「……千吉のことはもういい。あれは悪いものに憑かれちまった」

どこかあきらめがちな呟きははっきりと聞こえた。表情をうかがうと、三河屋の眼差しは先ほどと同じように、虚空を見つめている。その後は沈黙が続いたが、しばらくすると、

「お前はうちの商いのことを、しっかりやってくれりゃそれでいいんだ」

再び唐突に三河屋の口が動いた。気がつくと、三河屋の目がしっかりと竜晴の顔に据えられている。

「なあ、太一」

そう呼びかけながら、三河屋は身を乗り出そうとした。

自分が身を避《よ》けるべきか、それとも、三河屋を術にかけて眠らせるべきか、竜晴が判断に迷ったまさにその時、

「何を言ってるんですか、お前さん」

戸がいきなり開けられて、叱《しか》るような女の声がした。

「その方は太一じゃありませんよ」

つけつけと言うなり、三河屋の主人と同じくらいの年頃の女が部屋へ入ってくる。

その後ろからは泰山も現れた。

「三河屋のおかみさんですか。お邪魔していますす」

主人の隣に座った女に、竜晴は挨拶した。

「泰山さんからお聞きしました。うちの出来損ないがご迷惑をおかけしたそうで。

それに、お見苦しいところをお見せして、申し訳ございませんでしたね」

竜晴に向かって頭を下げたおかみは、それから改まった様子で、

「あたしは千吉の母で、きわといいます」

と、名乗った。

「今はとにかく浮き足立っておりましてね。あたしも床を払ったばかりですし、この人はこんな感じですし。もう少し落ち着きましたら、改めてご挨拶に伺うつもりでおります」

「その件はお気遣いなく。ただ、千吉さんが夜明け前に姿を消されまして、私も申

し訳なく思っているところです。このことは今朝、泰山からご主人に伝えてもらいましたが」

竜晴が話を持ちかけると、

「それが、小母さんは聞いていないとおっしゃるんだよ」

泰山が困惑した表情で、横から口を挟んだ。

「うちの人は今、こんな具合ですから、お話を聞き流してしまったんでしょう」

おきわの淡々とした声に、千吉の身を案じる不安や焦りはこもっていなかった。話を伝えなかった夫を責める口ぶりでもなかった。

「千吉なら遊びの虫が疼《うず》いて出て行っただけに決まっています。そちらさまがお気になさる必要はありません。本当にご心配をおかけして、こちらからお詫《わ》び申し上げますよ」

「小母さん、千吉は具合を悪くして寝込んでいたんですよ」

泰山が訴えかけるように言う。

「それは聞いてますけど、千吉は生きているんでしょう?」

事もなげに、おきわは言い返した。

「太一は死んでしまったんですよ。取り返しがつきません。でも、千吉は命を拾いました。まして外へ出て行けるほどに治していただいたのなら、これ以上何を望むというんです。あんな子に、それ以上のことを望んだら罰が当たる。太一にも申し訳ない……」

おきわの声が涙混じりになった。これ以上は何も言うな、と竜晴は泰山に目で合図した。

「おかみさん、一つ伺いたいことがあるのですが」

竜晴は話を変えて尋ねた。

「こちらでは、附子《ぶし》を扱っておられますか」

おきわは「えっ」と呟くと、亡くなった息子のことから意識がそれたらしく、

「それは、扱っておりますけれど」

と、怪訝そうな声で答えた。それから、なぜ唐突にその話が出てきたのか、すばやく頭をめぐらしたらしく、

「もしや、太一が毒を飲まされたという話のことですか。うちの附子が使われたと思っているのですね」

と、呟いた。

「毒を飲まされたかどうかは分かりません。自ら飲んだということも、絶対にないとは言い切れないでしょう」

竜晴の言葉に、おきわは一瞬、激しい怒りの表情を浮かべたが、それはすぐに力なく消えてしまった。

「……そうかもしれませんね」

竜晴の言葉に逆らわず、おきわは力のない声で答えた。

「あの子は死病に憑かれてたんですから。そのことを、あたしたちにも黙ってたなんて……」

おきわは再び涙混じりの声になったが、竜晴は取り合うそぶりも見せず、

「ところで、太一さんはお店の附子に触れることがありましたか」

と、さらに問うた。おきわは少し恨めしげな眼差しを竜晴に向けたが、

「太一は店に出ていたから、そういうこともあったとは思います」

と、しっかり答えた。

「では、千吉さんはどうです？」

続けざまに竜晴が問うと、この時のおきわは「まさか」とやや大きい声になって、大きく頭《かぶり》を振った。

「千吉は店の手伝いなんて、一度もしたことがないんですよ。附子がどんな効き目をもたらす生薬か、それすら知らないでしょう。附子は特に扱いを注意していますし、それを納めた簞笥《たんす》には錠もさしてあります。鍵はうちの人が持っていて、その場所は誰も知りません。番頭さんや太一が簞笥を開けることはあったと思いますが、そういう時もうちの人が目を光らせてました。どっちにしたって、千吉が附子に触れることはありませんよ」

「だったら、千吉さんが太一さんに毒を盛ったなんてことは、あり得ないとお思いになるのですね」

竜晴の問いかけに、おきわは少し考え込むように沈黙した。が、ややあって落ち着いた声で切り出した。

「出来の悪い弟が出来のよい兄を妬んで、毒を盛ったのだろうとお疑いですか」

おきわの物言いには皮肉がこめられていた。

「お役人がそんなことを口走っていたと聞きましたよ。ですけどね、千吉が仮にそんなことを思ったとしても、附子で殺そうなんて考えつくはずないんです。附子の効き目を知っていたって、それを苦労して手に入れて、相手に気づかれないように飲ませて——といった手間をかけられる子じゃないんですよ」

おきわが口を閉ざすのを待ち、竜晴は「よく分かりました」と静かな声で応じた。それから、泰山に目を向け、促すようにそっとうなずく。

「では、小母さん」

泰山が改まった様子で切り出した。

「太一さんと千吉の部屋を見せてもらえないでしょうか。何とか千吉を捜し出したいですし、もしかしたら手がかりがあるかもしれませんから」

それで断られたら、竜晴が改めて頼み、天海の書状を見せるつもりであったが、おきわは「かまいませんよ」とあっさり承知した。

「太一の部屋は無論、千吉の部屋も前にお役人がお調べになりました。あなたたちも好きにお調べください」

おきわはそう言って立ち上がり、竜晴と泰山はその後に続いた。

二

おきわはまず太一の部屋の戸を開け、それから、廊下を挟んだ向かい側が千吉の部屋だと告げた。その後は竜晴たちに付き合おうとせず、終わったら知らせてほしいと言って、夫のもとへ戻って行った。

まず、太一の部屋から検めていくことにする。

二人は手分けしながら、文机の引き出し、簞笥、書棚、柳行李《やなぎごうり》などを手分けして調べていった。これというものは見つからないまま、いつしか二人とも無言になっていたが、

「分かってはいたんだが、ああしてはっきり聞かされると、やはり胸が痛むよ」

手にした書物を書棚に戻しながら、泰山がぽつりと言った。

「親御さんたちが千吉さんについて言っていた、あれか」

柳行李の中身を取り出していた手を止め、竜晴が訊き返す。

「ああ。小父さんと小母さんのどちらかでも、千吉の味方をしてくれてたらなあ」

「太一さんは味方だったかもしれない。それに、おかみさんは案外、千吉さんのことをよく分かっているのではないか」

「千吉のことを出来損ないと言っていたぞ」

承服できないという口吻《こうふん》で、泰山は言った。

「この家では、千吉さんをそう呼ぶのが当たり前だったんだろう。あの親御さんたちは、それで千吉さんを傷つけたとは思っているまい」

「悪気がなければ許されるというものじゃない」

泰山は生真面目に言い返した。

「まあ、お前の言うことは正しいんだが……」

竜晴は泰山のまっすぐな眼差しを軽く受け流すと、

「正しさを押し付けられることが苦しい人もいる」

と、さりげなく付け加えた。

「そりゃあ、今の小父さんと小母さんを責めるのは気の毒だけどな」

「それもそうだが、千吉さん自身、正しさを押し付けられて苦しんできたかもしれない」

「どういう意味だ」

「いちばん近くに、正しさの塊《かたまり》みたいなお兄さんがいたのだ」

竜晴の言葉に、泰山は無言を通した。

「残りを早く片付けよう。千吉さんの部屋もある」

気を取り直して言う竜晴の言葉に、泰山は「ああ」とうなずき、改めて別の書物に手をかけた。

竜晴も再び柳行李の中身を取り出しにかかる。それからほどなくして、部屋の外に足音が近付いた。

「失礼しますよ」

その声に少し遅れて、襖が開かれる。おきわであった。

「ちょっと思い出したことがありましてね」

おきわは男ものの小袖を抱えていた。

「太一が姿を消してから、哀れな姿で見つかるまでの間に、あたしも太一の部屋を調べてみたんですよ。その時、柳行李にしまわれていたこの小袖が気になりましてね」

と、おきわは手にした黒の小袖を軽く掲げてみせた。

「太一がこれを着ているのを見たことがなかったもんですから。でも、真新しいふうにも見えない。もしかしたら、余所さまのをお預かりしてるんじゃないかと思って、持ち出してたんですよ」

ところが、太一の首が発見されて大騒ぎになり、小袖のことは忘れてしまっていたという。その後、役人たちが太一の部屋を調べに来た時にも、この小袖のことは思い出しもしなかった。

「では、それは太一さんのお部屋にあったものの中で、ただ一つお役人の目に触れてないものというわけですね」

竜晴は興味深そうに、おきわの手の中にある小袖に目を向けた。

「ですけど、太一のものかどうかも、あたしには分からなくて」

おきわは困惑気味に、小袖を畳の上に置くと、二人の方に押しやった。

「広げてもいいですか、小母さん」

おきわに断った後、泰山が小袖をさっと広げる。

その時、かさかさっと乾いた音がした。紙と布がこすれた感じの音である。

竜晴と泰山は目を見交わした後、そろって左の袂に目をやった。そこに何かが入っている。探ってみると、隠しのように布を宛がった部分に、紙が入っているようだ。しかし、物を出し入れする箇所が開いていなければ用を成さないのに、その隠しは四方がすべて縫い付けられていた。

「小母さんはここの隠しに気づいていましたか」

泰山が尋ねると、おきわはうなずいた。

「ええ。ただね、余所さまの預かり物なら勝手に開けてもいけないと思って。その後は、この小袖のこと自体を忘れていたからね」

「太一さんに尋ねることもできない今、ここは失礼して、中を検めてはいかがでしょう」

竜晴の言葉に、おきわも泰山も異は唱えなかった。泰山が文机から見つけ出した小刀で縫い付けていた糸を切る。

中からは、折り畳まれた紙が出てきた。

竜晴がそれを開くと、律儀そうな筆跡で一首の歌がしたためられている。

梅の花香《か》をかぐはしみ遠けども　心もしのに君をしそ思ふ

「これは、太一の蹟《て》だわ」

のぞき込んだおきわが呟いた。

「太一が歌を……？」

おきわが不審そうな声を上げる。

「これは、太一さんが作った歌ではなく、『万葉集』にある歌ですね」

竜晴の言葉に、そうなのかと泰山が驚きの目を向けた。

「意味も分かるのか？」

泰山から問われ、竜晴はうなずいた。

「梅の花は香りがよいので、遠くからでも分かる。それと同じく、遠く離れていても心はあなたを想《おも》っている、というような意味だ」

「太一はこの歌を誰かに贈ろうとしていたのかしら」

おきわが釈然としない表情で呟いている。

「そうかもしれませんが、結局、渡してはおられません。思い当たるお人はいないのですか」

竜晴はさらりと尋ねた。おきわは首をかしげている。

「さすがにそこまではねえ。許婚もいなかったし、そういう人がいるっていう話も聞いたことはなかったわ」

おきわはお蘭のことを知らなかったようだと、竜晴と泰山はひそかに目を見交わした。

この歌は、お蘭が大奥に上がってから、もしくは上がることが決まってから、太一が書いたものかもしれない。

だが、太一はこれをお蘭に渡さず、捨てることもしなかった。そして、人に知れてはならぬ想いの歌は、四方を縫い付けた隠しの中にしまい込まれ、その着物に太一自身が袖を通すこともなかった。

お蘭は古着屋の娘だという花枝の言葉と合わせて考えれば、この着物はそのお蘭の店で手に入れた品なのかもしれない。

遠くからあなたを想うというこの歌の心情が、そのまま太一の心の持ちようと一致するなら、太一にはお蘭や将軍を呪う気持ちはなかったろう。太一の望みは遠くから想うことだけだった。しかし、病に侵された太一にはそれすらできなくなりかけていた。

そこで、太一が望んだことと言えば——。

竜晴がそこまで思いめぐらした時だった。脳裡にあるものの気配が察せられた。

(小烏丸か)

千吉が見つかり、舞い戻ってきたのだ。

「泰山、少しいいか」

竜晴は泰山に目を向け、千吉を捜しに行きたい場所があると言った。

「お前はここで調べものを続けていてくれ。私一人で行ってくる」

竜晴の言葉に、泰山は目を剝いた。

「場所が分かっているなら、私も行く」

「いや。うまく言えないが、これはお前のあずかり知らぬ力によって導き出したものなんだ。私一人で行った方がいい」

「お前の先祖が陰陽師だったことは知ってるが……。それはつまり、目に見えぬ式神を使うとか、そういうことか」

物語に出てくる式神のことは知っていたらしく、泰山はそんなふうに訊いた。付喪神のことを語るつもりのない竜晴は「まあ、そうだ」とうなずいておいた。

「千吉さんの部屋の調べもあるし、第一、附子のことがまだ分からない」

竜晴は少し声を潜めてささやくように言った。

「医者のお前なら、附子の取り引きについて聞き出せるかもしれん。取り引きの個数が分かれば、太一さんが店の附子に手をつけていたかどうかが分かる」

お前はそちらを頼む――と竜晴から力強く言われ、「あ、ああ」と泰山はつられたようにうなずいていた。

「では、私は行くぞ」

竜晴は出かける用事ができたと、おきわに断り、そのまま行こうとする。

「待て。お前はこちらにまた戻って来るのか」

泰山が慌てて呼び止めた。竜晴は少し考え、「千吉さん次第だな」と答えた。

千吉が見つかり、自宅へ帰ることを承知すればいいが、承知しなかったり、それすらできないこともあり得る。

「とりあえず、またこちらへお邪魔するつもりだが、あまり遅くなったら神社へ戻っていてくれ」

竜晴はそう言い置き、その場を後にした。渡り廊下を引き返して店を出てからは、しばらくの間、大通りを急ぎ足で行く。向かうのは上野山の方面だった。

やがて、軒先を連ねた通りを過ぎ、空き地がちらほら目につく場所まで出ると、一羽のカラスが舞い降りてきて、竜晴の肩に止まった。

「千吉さんの居所が分かったのか」

周囲に人目のないのを確かめ、低い声で問う。カラスが鳴いた。

「江戸の裏鬼門にいた。増上寺《ぞうじょうじ》の近くだ。今は抜丸が残って、様子を見守っている」

小烏丸の言葉は竜晴にだけ分かる。

「あの若造は死ぬつもりだぞ」

小烏丸が切羽詰まった声で告げた。

「抜丸が何とか阻止しようと頑張っている」

「分かった」

竜晴はすぐに答えた。

「私は駕籠を拾って、すぐに増上寺へ向かう。お前は先に行って、私が着いたらすぐに案内してくれ」

「了解した」

小烏丸はすぐに答え、飛び立って行った。

竜晴は進路を南西に向け、駕籠を探しながら走り出した。

三

鬼門とは、鬼や魔が入り込みやすい方角のことで、北東を鬼門、南西を裏鬼門という。

陰陽道や風水を学んだ者なら知っていることで、賀茂家に生まれた竜晴は幼い頃から知っていた。くわしい知識と知恵を授けてくれたのは小烏丸と抜丸、二柱の付喪神である。

本来ならば、親から教えてもらうようなことだが、竜晴の父は自分で教えるのではなく、付喪神たちにそれを任せた。父から理由を聞いたことはなかったが、

「竜晴さまのお力が、代々の賀茂氏当主の中で抜きん出ていたためでしょう」

と、抜丸は言っていた。

親といっても、せいぜい二十年か三十年、我が子より長く生きているに過ぎない。一方の付喪神たちは何百年と生きてきたわけで、彼らから知識と知恵を授けられた方がためになる。亡き父は抜丸たちの前で、そんなことを語っていたらしい。

そういうわけで、竜晴は源平合戦の頃の記憶さえ持つ付喪神たちから、さまざまなことを教えられた。

京の都が四神相応《しじんそうおう》に基づいて建設されたこと、四神相応とは北に山、東に川、南に湖沼、西に大道を配する土地をいい、そのような土地は玄武《げんぶ》、青龍《せいりゅう》、朱雀《すざく》、白虎《びゃっこ》の四神の加護を得られ、都の立地に吉であること。そして、鬼門と裏鬼門は厳重に守られねばならないということ。

京都は鬼門に当たる北東を、比叡山延暦寺と日吉《ひえ》大社が守り、裏鬼門は石清水八幡宮《いわしみずはちまんぐう》が守ってきた。

「将軍が住まうようになってから、江戸の鬼門と裏鬼門の守りも固められるようになったらしいぞ」

鬼門封じが施されたことをいち早く察し、竜晴に教えたのは小烏丸である。将軍の命令を受け、江戸守護の任を背負ったのが、後に寛永寺の住職となる天海であった。

天海は陰陽道や風水の学者、神職等にも話を聞き、竜晴の父竜匡もその一人として呼ばれたことがあったという。

そして、千代田の城を中心に、鬼門に当たる上野には東叡山寛永寺が建てられ、裏鬼門には増上寺が移転された。寛永寺には天海本人が住職として就任し、常に鬼門を守っているというわけだ。

しかし、鬼門封じはどれほど手厚かったとしても、都や町の中から鬼や魔を招いてしまえば効果は薄れ、また封印者以上の力を有する鬼や魔が現れれば太刀打ちできなくなる。

京の都も鬼門や裏鬼門を幾度も破られそうになり、その都度、高名な陰陽師たちが必死になって守ってきたという歴史があった。天海が生首の一件で、たいそう気に病んでいたのも、江戸の鬼門が破られるのではないかと恐れたからである。

(しかし、今回の一件はまるで見当外れだった)

物の怪や悪霊はどう見ても関わりないだろう。すべては、太一と千吉という兄弟の思惑で動いたことである。ただし、千吉の口からきちんと聞き出し、確かめねばならないことが残っていた。

そのためにも、千吉を死なせるわけにはいかない。

毒で弱った体の快復も待たず、千吉が神社を出て行ったのは死に場所を求めてのことだったか。

抜丸がついていてくれるというから大丈夫だろうとは思うが、白蛇の身ではできることにも限りがある。

大通りで拾った駕籠に乗り、「芝の増上寺へ」と行き先を告げた竜晴は、

「すみませんが、できるだけ急いでください」

と、声を張り上げて頼んだ。

増上寺の門前から少し離れたところで、竜晴が駕籠から降りると、その頭上を一羽のカラスが大きな円を描きながら飛び回り始めた。竜晴がそちらへ目をやると、カラスは南西へ向きを定めて飛んで行く。

竜晴はカラスの先導する方角へ足を進めた。

やがて、増上寺の境内から少し離れたところに、竹林が現れた。

小烏丸は竹林の上を突っ切るように飛んで行く。竜晴は迷わず竹林に踏み込んだ。

あまり踏み固められていない道を抜けると、次に雑木林が現れる。その辺りになると、もう人の姿はなく、道と思しきものもない。

枯れ草と腐葉土を歩んで行くと、やがて羽ばたきと共に、木々の上を飛んでいた小烏丸が舞い降りてきた。途中で木々の枝葉に羽が当たったらしく、黒い羽根と木の葉が舞い落ちてくる。

小烏丸は竜晴の肩に止まって羽を畳んだ。

「そこだ」

小烏丸が言った時、すでに竜晴も千吉の姿に気づいていた。

千吉は地面をのたうち回っている。時折、何か喚いているが、言葉は聞き取れなかった。

ただ、千吉がひどく苛立《いらだ》ち、つらそうだということは、十分に伝わってきた。

「千吉さん」

竜晴は声をかけた。

千吉の看病はずっと泰山がしていたので、二人が腹を割って話をするような機会はこれまでなかった。

千吉は竜晴を見るなり、目を大きく見開いた。喉《のど》の奥から、「ああ」とも「うう」ともつかぬ声が漏れたが、言葉にはならない。千吉は喉を掻《か》き毟《むし》るような真似をした。

その時はじめて、竜晴は千吉の喉に絡みついている白いものが、抜丸であることに気づいた。

同時に、近くの樫《かし》の大木に縄がくくり付けられていることにも気づいた。千吉はここで首をくくるつもりだったのだろう。

「もういい」

竜晴は抜丸に向かって告げた。

抜丸はその意図を察し、静かに千吉の首から離れていく。

千吉は「畜生」と言い捨て、大きく舌打ちした。続けて、

「何が……いいんだよ」

と、竜晴に乱暴な口調で言う。

「いや」

あなたに言ったわけではない、と言いそうになったが、ふと思い直した。

「もう苦しまなくていい、という意味です」

竜晴は膝を折り、千吉と同じ目の高さになって言った。

「俺が苦しんでいるって言いてえのか」

ならず者のような口を千吉は利いたが、竜晴は気にも留めなかった。

「苦しんでいないはずがないでしょう？　附子の毒で死を図り、次は首吊《くびつ》りを図るなど、苦しみのない人が考えることではありません」

千吉は返す言葉を失ったようであった。

「たった今、泰山と三河屋さんへお邪魔してきました。千吉さんの親御さんたちにもお会いした。太一さんの遺品も見せていただき、そのお気持ちをも推し量れるようになったと思います」

「あんたが……兄貴の何を分かったって言うんだ」

千吉がぎらぎらした目を竜晴に向けて、低い声で問うた。

「太一さんの病が悪化していたことは、我々も聞きました。ですが、毒を飲んで命を縮めた理由はそれだけではないでしょう。ましてやあなたに亡骸の後始末を頼んだのは――」

千吉の目が大きく見開かれる。

「先ほど、三河屋さんでこういう歌を見てきました」

竜晴はそう断り、先ほどの歌を口ずさんだ。

――梅の花香をかぐはしみ遠けども心もしのに君をしそ思ふ

結句を口ずさむ頃には、千吉はうな垂れていた。

「美しき言の葉、よき言の葉です。よき言の葉にはよき魂が宿る」

太一さんの想いの美しさが私にもよく分かりました、と竜晴は続けた。

「兄貴ほど、いい奴はいねえんだよ。頭もよくて、気も優しくって……」

うつむいたまま呟く千吉の声が湿りを帯びている。

「太一さんはあるお方に、この歌のごとき想いを寄せていた。遠くから想うとは、叶《かな》わぬ想いです。生きていれば別の出会いもあったでしょうが、太一さんの寿命はわずかだった。どうせ死ぬのであれば、想い人の住まいをずっと見守っていける場所に埋めてほしい。そんな太一さんの願いを、あなたは聞き容れたのではありませんか」

竜晴は一度口を閉ざし、千吉の反応を待ったが、千吉の返事はなかった。

「その場所は不忍池のほとりでした。けれども、大人の男一人を埋める穴を掘るのは、たやすいことではありません。まして、千吉さんがたった一人で、人目につかずにやり遂げるのはまず無理でしょう」

「……兄貴が言ったんだよ」

その時、千吉がぼそりと呟いた。

「何とおっしゃったのですか」

「首だけ埋めてくれればいい。首を斬り落とす道具は用意しておいたってさ」

「なるほど、亡骸の胴が見つかった近くに、長脇差と鎌が埋められていたのはそれだったのですね。しかし、なぜ首を斬り落とさねばならないのか。それがずっと謎でした」

体の一部を埋めてほしいというなら、指一本だけでもよかったはずだ。

だが、太一は首と指定した。その理由とは――。

「想い人を見守りたい、それが太一さんの譲れぬ願いだったのでしょう。体ごと埋めてもらってもいいが、穴掘りの大変さ以上に、目当ての方角に顔を向けて埋葬してもらえるか不安が残る。たとえば横たえられたり、膝を抱えて蹲《うずくま》る形で埋葬されたら、目的を果たせませんから」

首を斬れと弟に頼むのは惨《むご》いことだと分かっていただろうが、親も含め、他の誰も聞き容れてくれまい。だから、千吉にしか頼めなかった。そして、そんな太一の気持ちを、千吉も分かっていた。

「だから、あなたは太一さんの首を斬るというつらい仕事をし、不忍池のほとりに埋葬したのですね」

「俺は……」

千吉の口が動き、掠れた声が漏れた。

「何もかもが中途半端な出来損ないなんだ！」

つい先ほど親が述べていたのと同じ言葉を、千吉は吐き捨てるように口にした。

「兄貴が死んで、俺が生きてるわけにゃいかねえ。兄貴が飲み残した附子を飲んで死のうとしたのに、量が足りなくて失敗した。絶対に発見されちゃいけねえ兄貴の首は、すぐに発見されちまった。兄貴に合わせる顔もねえが、とにかくあの世で謝らなくちゃと、死に場所を探しに来てみれば、白蛇にからまれる」

「白蛇にからまれて、首を吊ることができなくなったというわけですか」

「蛇が首に巻きついてきたんだよ。その時はこりゃ都合がいいって思ったね。きっと、神さまが死にやすいようにこの蛇を遣してくれたんだってさ。で、早く首を絞めて殺してくれって頼んだのに、あの蛇ときたら、ゆるく巻きついてきやがるだけで、絞めつけてこねえんだ。焦《じ》れて引き剝がそうとすると、これがしぶとく離れやがらねえのさ。結局、俺は何をやってもうまくいかねえんだ。呪われてるんだよ」

　最後は投げやりな口調になって、千吉は言った。

「一つお尋ねしますが、どうして太一さんが死んで、あなたが生きているわけにいかないのですか。人には寿命があり、太一さんの寿命が短いことは決してあなたのせいではありません」

「俺のせいなんだ」

　決めつけるように、千吉は言った。

「俺は兄貴をずっと呪ってたんだよ。兄貴が目障りだった。いなくなりゃいいって思ってた。いっそ死んでくれりゃ、俺は兄貴と比べられず、どんなに楽かってな」

千吉がうわごとで呟いていた言葉を、竜晴は思い返した。

「頭の中で思い描くことと呪詛とは厳密には違います。が、あなたが呪っていたと言い張るのならそれでもいい。つまり、あなたが呪ったせいで、太一さんが病にかかったということですか」

「そうだよ。あんたの言う通りだ」

嚙みつくように、千吉は吼《ほ》えた。が、すぐに沈み込んだ表情になると、

「けど、兄貴はそんな俺の気持ちを察してた。最期に俺に言ったんだ。これで楽になれるぞって」

と、今にも泣き出しそうな顔で呟く。

「千吉さんはお兄さんのその言葉を、皮肉と受け取ったのですか」

「…………」

「これまで皆さんから聞いた太一さんの人柄からして、そんな皮肉を言う人とは思えませんが」

竜晴は淡々と述べた。

「太一さんは、本当にあなたに楽になってほしかったのだと思います。しかし、あなたのために死ぬわけにもいかない。家や親御さんを捨てるわけにもいかない。あなたに何もしてあげられないことを、太一さんも歯がゆく思っていたのかもしれません。けれども、避けられない形で寿命が尽きると分かったから、ようやくあなたに言ってあげることができた。楽になってほしい、と——」

千吉の顔は今にも泣き出しそうにゆがんだまま強張っている。

「あなたがいなくなれば、おちづさんは途方もなく傷つくでしょう。泰山もです」

竜晴は千吉の目をまっすぐに見据えながら、ゆっくりと告げた。

「それに誰よりも傷つくのは、亡くなった太一さんご自身なのではありませんか」

千吉の口がかすかに震えたが、言葉にはならず、うめき声のようなものだけが漏れた。

「あなたは、その人たちの思いを無視できる人ではありません」

竜晴は静かな声で淡々と告げた。感情の乏しいその声は神の託宣のようにも聞こえなくもない。

「いったん小烏神社へ戻ってください。お家へ帰るのは少し時を置いてからでかまいません」

竜晴の言葉が終わるや否や、千吉の口から、うわあという怒号とも泣き声ともつかぬものがあふれ出た。握った拳を地面に叩きつけながら、千吉は叫び続けた。

数日前の夜半、千吉と太一は上野山にいた。太一が亡くなった晩のことである。

その少し前の夕方、千吉は兄の太一に呼ばれて、居酒屋へ入った。兄の病が重くなり、もう長くは生きられないことは、すでに打ち明けられて知っている。

それなのに、この日、太一はめずらしく酒杯を重ね、千吉は不安に駆られた。

「そんなに飲んで大丈夫なのか」

「心配するな。お前ももっと飲め」

逆に、太一からは酒を勧められる始末である。

太一はそれまで見たこともないくらい、酒を飲んだ。千吉が思っていたより、ずっと酒に強かった。千吉の方は勧められるままに酒をあおり、しこたま酔ってしまった。

(こんなに酒が飲めるのなら、兄貴の病は治ってきてるんじゃねえのか)

心の臓の重い病がそうたやすく好転するはずがないと、いくら千吉でも分かっていたが、酔った頭ではまともな判断もできなかった。気は大きくなり、物事はよい方向へ動いているとただ信じたかった。

兄が死病に取り憑かれる前、兄がいなければいい、いっそのっぴきならない事情で死んでくれりゃいいのに、と願ったのは事実である。親からあきれられ、突き放された時、奉公人たちから侮られるような目で見られた時、自分を虐げた相手を憎むより、兄を疎ましく思ってしまった。悪いのは兄じゃない。兄と自分を見比べる親や奉公人たちだ。そう分かっているのに、憎しみの矛先《ほこさき》は兄へと向かった。

相手を好きだと思ったり尊敬したりする気持ちと、憎悪の気持ちは、決して相反するものではない。

千吉は兄が好きだった。好きだが憎いと思う気持ちを、自分ではどうすることもできなかった。

家に寄りつかなくなった最も大きな理由は、両親が嫌いだったからというより、家には兄がいたからだ。自分を息苦しくさせる兄のいる家が、この世で最も居心地の悪い場所であった。

しかし、いざ兄が長く生きられないと知った時、千吉は震え上がった。どうして兄を呪ってしまったりしたのだろう。すべて自分のせいだ。込み上げてくる自責の念と自己嫌悪に、押しつぶされそうになった。

だから、今度は兄の病が何かの拍子で治ってくれないものか、と願い始めた。

そして、この晩の兄の様子は、まるでその願いが天に届いたかと思うくらい、元気そうに見えたのだった。このまま本当によくなってくれれば――酔い心地で、千吉は都合のよいことを思い描いていた。

居酒屋を出た後、千吉は兄に連れられるまま上野山へ上った。心地よい気分が冷めたのは、不忍池のほとりで、兄が提灯の火を消した時であった。

「ここで、お別れだ、千吉」

と、太一が急に言い出した。薄暗い闇の中で、太一の目だけが光って見える。

「ん？　兄貴は今夜、帰らねえのか。俺も帰ってもいいかと思ってたんだけど」

この晩、逢《あ》う約束をしていたおちづの顔が浮かんだが、今夜はこのまま兄と一緒にいたい気分であった。何、一晩くらいすっぽかしたところでかまうまい、と千吉は勝手なことを考えていた。しかし、

「俺は今夜も明日も帰らねえよ」

と、太一は静かな声で妙なことを言う。

「どういう意味だよ」

千吉は兄の顔に目を据え、ぶっきらぼうに訊き返した。何かとんでもないことを聞かされるという嫌な予感が心に忍び寄ってくる。

「俺はそこの林に入って死ぬ。附子も持っている。いや、薬としては『ぶし』だが、毒の時は同じ漢字で『ぶす』と読むんだ。熱を通していないこれは『ぶす』だ」

お前もよく覚えておけよ——と、太一はいつの間にやら取り出していた紙包みを示して言った。附子の根を乾かしてから加熱するのが本来の使い方だが、加熱せずに砕いたものを太一は持っていた。

「俺はこれを飲んで死ぬ」

「何だってえ」

千吉は裏返った声を出した。

「林の中に、長脇差と鎌を用意しといた。俺が死んだら、それで俺の首を斬り落としてくれ」

そして、この場所に自分の首を埋めてほしい——と、太一は真摯な口ぶりで告げた。その目は千代田の城のある方角をじっと見つめていた。

「ずっとお城を見ていられるよう、間違いなく顔を城に向けて埋めてくれ。それだけが俺の願いだ」

「兄貴、それって……」

「守護霊っていうだろ。俺はそれになるんだよ。あいつの、いや、あのお方のさ」

太一は城の方角から目をそらさずに言う。夜空の下、城の形など見えやしなかったが、明かりがいくつも見えるそこは温かく華やかな場所であるように見えた。

「どうすりゃ守護霊になれるのかなんて分からないが、守護する以上、いつも見えるところにいてやらなきゃな。だから、ここなんだ」

そう口にした時の太一の声には、かつて聞いたことのない類の優しさが感じられた。男が女を想う優しさといえばそうなのだが、それだけでもないように思えた。

その人の仕合せを丸ごと願うような優しさ——それは生身の男女の間ではなかなか持ち得ない情けだ。どうしたって、相手が自分を捨てて、別の人のもとで仕合せになろうとするのを認めることは難しい。

「梅の花香をかぐはしみ遠けども　心もしのに君をしそ思ふ――」

兄は小さな声で歌を口ずさんでいた。言葉の意味もよく分からないのに、なぜか、兄の心がありのままに伝わってくる。兄はもう半分、想う女の守護霊になりかかっているのではないか。そんな気もしてきて、千吉は空恐ろしくなった。

「首以外の胴は、林の中に放っておいてくれりゃいい」

「あ、兄貴……」

千吉は震えながら兄の腕に取りすがった。その千吉の肩に太一は手を置き、力をこめて言う。

「俺の最後の頼みだ。どうか聞き容れてくれ」

その後のことはぼんやりとしか覚えていない。

千吉は幼子のように泣き喚き、どうか考え直してくれと兄にしがみついた。太一は根気強く自分の病状を説明し、胸に秘め続けた想いを語った。自分で自分の最期を決められるうちに、思い通りの死に方を選んで、あの世へ逝きたい――最後にはそう告げる兄の言葉に、泣き疲れた千吉は説得させられていた。

「いいか。お前は人殺しになるわけじゃない」

それだけは勘違いするなと、太一は千吉にくり返した。そして、自らの死に決して千吉を関わらせなかった。

五百数えるまでは林の中へ入ってくるなと、千吉に厳命した。

言われた通り、千吉は数を数え始めたが、途中から恐ろしさと混乱のせいで、数が分からなくなってしまった。

だが、兄が向かった林の方から、うめき声が聞こえてくると、もうじっとしてはいられなかった。千吉は兄の後を追いかけて林の中へ飛び込んだ。

「兄貴！」

千吉は倒れている兄の体を抱き起こした。

「せん……きち……」

苦痛にゆがんだ顔が、すでに暗闇に慣れていた千吉の目に焼き付いた。

「……これで、らくに……なれ……るぞ」

「あ、兄貴――」

太一は千吉の方に、震える手を差し出すようにしながら言った。

「お、おめ……えはでえ……じょ……ぶだ」

「えっ、何だって」

千吉は慌てて兄の口もとに耳を近付けて訊き返した。舌が回らなくなっていた兄はもう、その言葉をくり返すことはないまま、こと切れた。

──お前は大丈夫だ。

太一がそう言っていたと唐突に分かったのは、放心から覚めた時であった。

千吉は座り込み、兄の亡骸を抱いていた。その傍らの地面には、水が入っていたと見える竹筒と、先ほど見せられた薬の包み紙が落ちていた。しかし、一枚はまぎれもない紙きれだったが、もう一つは包みのままだった。中を開けてみると、草の根を砕いたものが入っている。兄の飲み残したものだと分かった。万一の時のために、多めに用意しておいたのだろう。

これを飲めば自分も死ねる──そう思うと、心が痺れたようになり、気持ちが楽になった。兄から頼まれたつらい仕事もやり遂げようという気持ちにもなれた。

千吉は紙包みをしっかりとしまい込んだ後、兄が用意した長脇差を手に取った。

「大丈夫ですか」

気がつくと、やけに整った顔立ちの男が傍らにいた。

一瞬、自分がどこで何をしているのか、千吉は分からなくなった。

「……小鳥神社へ帰りましょう。そこでなら、落ち着いて養生できるはずです」

その言葉に、はっきりと思い出した。男は小鳥神社の宮司で、賀茂竜晴という泰山の友人だった。

自分は附子を飲んで死ぬことができず、たった今、首を吊るのに失敗したのだ。

邪魔をしたのはこの男だ。だが、恨む気持ちはすでに失《う》せていた。それに自分が死ねば、太一が誰よりも傷つくという竜晴の言葉も、胸に刺さっていた。

千吉は頽《くずお》れるように頭を下げた。

「……すみませんでした」

詫びの言葉がぽろりとこぼれた。竜晴は何かを待つふうに無言である。

「もうしばらくだけ、厄介にならせてください」

千吉はうな垂れたまま、小声で告げた。

六章　悪事も一言

一

千吉を小鳥神社に連れ戻した竜晴は、泰山との約束通り、三河屋へ舞い戻った。

「千吉さんが見つかりました。今は神社の方におられます」

竜晴はまず、先ほど通された居間へ行き、三河屋の主人とおきわにそのことを告げた。主人は目を竜晴に向け、軽く頭を下げたものの、何も言わない。

「とんだお手数をおかけしちまいましたね」

おきわは恐縮した口ぶりで言ったが、さほど心を動かされたふうでもない。大きな喜びと安堵を示したのは、両親よりもむしろ泰山であった。

千吉の部屋を借りて、薬剤の取り引き記録を調べていたという泰山は、

「そうか。千吉は無事だったんだな」

と、飛び上がらんばかりの喜びを見せた。

「なら、早く行って診てやらないと。あいつはまだ寝てなきゃならない体なんだし」

と、すぐにも神社へ戻るような勢いで言う。

「まあ、その前に親御さんたちに話したいことがある。お前も一緒にいてくれ」

竜晴が言うと、泰山はうなずいた。それから、自分も知らせたいことがあるのだと言って、机に積まれた帳面の類を示す。

「やはり附子の仕入れと売り上げの量が合ってない。簞笥に納めた薬剤の出し入れは、帳面に記録されてるんだが、その数もごまかされていた。たぶん太一さんがやったんだろう」

泰山は低い声で報告した。それから二人は帳面の類を取りそろえ、三河屋夫婦のいる居間へと戻った。

「長い間、ありがとうございました」

泰山が帳面の類を返して頭を下げると、おきわが受け取り、「お調べものは終わったんですね」と応じる。

「千吉は神社にいるということですが、そちらさまがよろしいのであれば、もうしばらくお頼みします。うちはこんなふうですからね」

と、主人の方に目をやりながら、そう続けた。三河屋は相変わらず遠くを見るような目をしている。

「その千吉さんのことで、お話ししなければならないことがあります」

竜晴は皆を前に告げた。

「千吉さんは首を吊ろうとしていました」

「えっ？」

おきわの口から驚きの声が漏れた。それに一瞬遅れ、

「何だって！」

という大声がおきわの隣から上がった。三河屋が腰を浮かせて叫ぶなり、上体をふらつかせたのである。

「ちょっと、お前さん！」

おきわが慌てて夫の体を支えたが、泰山も膝を進めて手を差し伸べていた。

「ああ、大事無い」

三河屋は二人の支えを断ると、改めて座り直した。先ほどまでとは様子が違い、

意識もはっきりしているようだ。気を落ち着かせるように深呼吸をくり返した後、竜晴にしっかりと目を向けた。

「千吉は、今は無事なのですな」

「はい。神社で休んでいます」

竜晴は落ち着いた声で答えたが、

「一人にしておいて大丈夫なのか」

と、慌てふためいた声で言い返したのは泰山だった。

「すぐに具合を診てやらないと、後々、体に障りが出ることだって」

こんなところでゆっくりしている場合ではない、とばかりに言う。

「首を吊ったとは言っていない。吊ろうとしただけだ。だから、体はご無事です」

最後の言葉は二人の親に向けて、竜晴は告げた。

表情を変えていた二人は、それを聞いて、まず安堵の息を吐いた。

「それに、もう死のうなどとは考えないでしょうから、ご安心ください」

竜晴は自信を持って請け合ったが、実のところ人の気持ちなどは分からない。だが、仮に千吉の気が変わって、やっぱり死のうなどと思い直しても、抜丸と小烏丸が見張っている限り大丈夫なのは本当だった。

竜晴は続けて、太一が千吉に何を頼んだのか、千吉がどんな思いでそれを果たしたのか、千吉から聞いた話を二人に語った。

「太一さんと千吉さん、お二人とも苦しんでいたのでしょう」

竜晴が静かな声で言うと、一瞬の沈黙の後、おきわの小さくすすり泣く声が続いた。

「私らは……愚かな親でした」

三河屋はじっとうつむき、つらそうな声で呟いた。

「太一の苦しみを分かってやれず、悔やんでばかりいましたが、それを千吉一人に背負わせていたことにも気づかなかった。太一が私らでなく弟に悩みを打ち明けていたのは、私らが腑甲斐《ふがい》なかったからでしょうな」

「いえ、それは違うでしょう」

三河屋の言葉を、竜晴は静かな声で斥《しりぞ》けた。

「太一さんは親御さんに余計な負担をかけまいとしたのです。一方で、自分の死後、親御さんとお店を支えていかなくてはならぬ千吉さんに、その自覚を促そうとしたのではないでしょうか。頼りになるお兄さんはもうこの世にいないのだと、骨の髄まで分からせるために」

「そうか」

三河屋の重々しい声の後には、深い沈黙が落ちた。おきわはしゃくりあげるのを必死にこらえているようであった。

「確かに、太一ならば、そう考えるかもしれないな」

三河屋はそう言うと、自分に納得させるように何度もうなずいた。それから竜晴に顔を向けると、

「あなたには本当に世話になりました」

と、改まった様子で礼を述べた。おきわもその傍らで深々と頭を下げている。

「千吉さんのことは、もうしばらく預からせてください。本人もそう望んでいましたので」

竜晴の言葉に、二人とも異は唱えず、「どうかよろしく頼みます」とさらに頭を下げた。

「千吉は生きていてくれればいい。今望むのはそれだけです」

三河屋のしぼり出すような声は明らかに本心からのものであった。

「もちろん、ここはあの子の家です。帰る気になったらいつでも帰って来ていいと、あの子に伝えてやってください」

「お伝えいたします」

竜晴がそう答えると、三河屋は立ち上がって、部屋の隅の箪笥から紙包みを取り出した。

「人参です」

三河屋はそれを竜晴の前に差し出した。煎じ方を説明した後、千吉に与えてやってほしいと言う。滋養強壮に最もよく効く薬という話であった。

「生薬の中でも、特に値の張る貴重なものだ」

泰山が小声でささやくようにしながら、竜晴に教えた。

国内での栽培はされていないため、高麗《こうらい》から仕入れねばならず、薬種問屋でも常に扱えるものではないらしい。少しでも早く、千吉に気力を回復してもらいたいという一心なのだろう。

竜晴は人参を受け取ると、泰山と共に三河屋を出た。急ぎ足で小烏神社へ戻る途

中、

「私は寄っていくところがあるので、先に帰っていてくれるか」

竜晴は泰山にそう言い出した。

「寄っていくとはどこなんだ?」

不思議そうに泰山が首をかしげる。

「寛永寺の大僧正さまに、一応知らせておきたいのだ。ご心配になっておられることと思うしな」

「分かった。千吉のことは診ておくから安心してくれ」

泰山はそう言い、先に小烏神社へと戻って行った。竜晴はその足で寛永寺へと向かう。

庫裏で天海に対面し、芝で起こったこと、花枝や千吉から聞いたことをすべて打ち明け、千吉が変わらず小烏神社にいることも話した。

「しかし、生首がさような人情からくるものだったとは……」

天海はすぐには納得しがたいという面持ちで呟いた後、

「呪詛の類ではなかったということか」

と、ようやく安堵の息を漏らした。

「『まもる』という言葉は元来、『目』に『守る』と書いて、『目守《まも》る』。じっと見つめること、見守ることを言い表す言葉でした。それがさらに、その人を守護するという意味になったわけです。太一さんが望んだことは、千代田のお城におられるお方を、元来の意味通り『目守る』ことだったのだと思います」

「そういうことになりましょうな」

天海が自分に納得させるような調子で呟く。

「この一件は、内密に収めていただいた方がよいかと存じます」

千吉のしたことや、太一の過去が公になるのは、三河屋だけでなくお蘭にとってもよくないことだ、という意味をこめて、竜晴は告げた。

「もちろん、さようなことだけは避けねばならぬ」

天海は厳しい眼差しになって言った。

「その話のお蘭殿とは、今はお楽《らく》さまと申される。次の公方さまの母君になられるかもしれぬお方。ありもしなかった醜聞《しゅうぶん》にまみれさせるわけにはまいらぬ」

「それでは……」

「太一と申す者の亡骸は三河屋へ返し、後のことは関知せぬ。無論、上野山へ葬ることなど、いかに故人の切なる願いといえど、許すわけにはまいらぬが」

「三河屋さんもそれは望んでいないでしょう。ただ」

と、そこで口を閉ざして、竜晴はじっと天海を見据えるようにした。

「何ですかな」

天海が落ち着いた物言いで促す。

「太一さんの首が埋められていた場所に、私の手で呪符を埋めることをお許し願えないでしょうか。あの土地は死の穢れに触れたゆえ、よくないモノが憑かないように。その際、太一さんの蹟《て》になる紙を一枚、呪符に添えたいのですが」

「貴殿を信じていないわけではないが、立場上、この目で確かめぬわけにはまいらぬが……」

「かまいません。先に申し上げておきますが、それは一首の歌でございます」

竜晴の言葉に感じ入るものがあったのか、天海はそれ以上何も言わなかった。

竜晴が小烏神社へ戻ると、居間で泰山が難しい顔をして座っていた。

「どうした。千吉さんの容態は確かめたのだろう？」

竜晴が尋ねると、すでに診たという。どうして一緒にいないのだろうと思っていると、

「千吉がな、自分はもう大丈夫だから、お前は家に帰ってくれと言うんだ」

と、泰山はどことなく寂しげな口ぶりで告げた。

「言わずもがなの説教でもしたのではないか」

「そりゃあ、附子を飲んだと思ったら、次は首吊り。いろいろ言いたくもなる。大体、附子を飲んで助かったのは本当に運がよかったっていうのに、あいつはそのことも分かってるのかどうか」

「それで、一人になりたいと言われたのか」

「まあ、そうだ」

気まずそうな表情で、泰山は認めた。

「千吉さんの望み通りにしてあげたらどうだ？　医者は患者の言葉に耳を傾けるものなのだろう」

竜晴が言うと、「……その通りだな」と泰山は少し自信を失くしたような声で呟

いた。

「では、今夜は帰る」

夕餉の支度はしてあると告げ、泰山は残念そうに立ち上がった。

「そんなに心配しないでも、千吉さんは大丈夫だ」

竜晴が言っても、「ああ」と答える泰山の声はどこか弱々しい。

「そんなに、ここにいたかったのか？」

竜晴がからかうように尋ねると、「そういうわけじゃないが」とすぐに言い返した泰山は、そこで思い直したように沈黙した。

「いや、もしかしたらそうなのか？」

訝しげな表情を浮かべながら、自問自答している。

「ここにいると、なぜか調子がいいんだ。こう、気力が湧き上がってくるというか」

「神社は元より霊気の集まったところに建てられるものだ。そう感じるのも不思議ではない。が、だからといって居座られてはかなわん」

にべもない調子で「早く帰れ」と、竜晴は続けた。

「仕方ないな」

と、泰山は寂しさを紛らせるような苦笑を浮かべた。

「まあ、ここなら千吉の治癒も早いだろうしな」

「三河屋さんの人参もある」

「そういうことだな」

今度は大きくうなずき返すと、泰山は数日ぶりに自宅へ帰って行った。

その後、竜晴は損料屋を呼ぶと、泰山が使っていた夜具一式を引き取ってもらった。それが済んで一段落してから、抜丸を呼び寄せる。

「何でしょうか、竜晴さま」

千吉のいる部屋を除き、久しぶりに神社の中を自在に動き回れるようになった人型の付喪神が、喜び勇んで駆けつけてくる。竜晴は高麗の人参を渡し、聞いてきた煎じ方をくわしく伝えた。

「見事な人参ですね」

抜丸は目を瞠っている。

「前に目にしたことがあるのか」

竜晴が問うと、抜丸は懐かしそうな顔つきになってうなずいた。

「六波羅《ろくはら》の平家ご一門や、室町の足利将軍家の方々が、召し上がるのを見たことがあります。あの方々もたいそう値打ちのあるものだと、重宝しているご様子でした」

「今でも値は張るが、町民でも口にできるようになったのだから、世も変わったということだろう」

「あの若者の親が売り物を差し出したということですか」

「そうだ。千吉さんに飲ませてやってほしいそうだ。何のかのいっても親心なのだろう」

「よく分かります」

抜丸はしみじみした口ぶりで言った。

「お前にも親心が分かるのか?」

「もちろんです。子供のために道を踏み外す親の姿は、何度も見てきました」

したり顔で、抜丸は言う。

「偉人や豪傑といった人々に限って、子供の出来が今一つというのはめずらしくありませんでしたし」

どうも話の焦点がずれているが、付喪神にあえて理解させねばならぬことでもない。

「それでは、人参の煎じ汁を頼んだぞ」

と、竜晴は話を切り上げた。

「お任せください」

抜丸は人参を手にいそいそと台所へ向かった。

二

それから五日もすると、千吉は床を払ったが、まだ三河屋へ帰るとは言い出さない。その代わり、世話になりっぱなしでは悪いから、何か手伝わせてくれと言い出した。

「これといって、頼みたい仕事はないのだが……」

と言いつつ、竜晴は困惑した。

暇を持て余した千吉が神社の敷地内をうろうろすると、小烏丸や抜丸の居場所がなくなる。姿の見えない付喪神と千吉が出くわすのを避けるためには、彼らの人型を解かねばならない。すると、抜丸にさまざまな雑用を頼むことができなくなり、竜晴の暮らしが非常に不便なことになるのであった。

泰山のように料理をしてくれるのならありがたいが、訊いてみると、千吉は台所には立ち入ったこともないという。

「でも、宮司さんは一人暮らしなんだから、いつも自分で作ってるんですよね」

千吉から訊かれた時、竜晴は答えられなかった。

「えっ。それとも、誰かが作りに来てくれるってことですか？　氏子の人が交替で作りに来てくれるとか？」

おかしな誤解を受けそうになったので、それはないときっぱり答えたものの、ごまかすのに一苦労だった。

「私が食べるものなら何でもいいが、千吉さんの口に入るとなると、そうもいくまい」

「大丈夫ですよ。俺、食いもんに美味いの不味《まず》いの言ったりしませんから」

千吉は自信を持って請け合ったが、ひもじい思いなどしたことのない若者の言葉などあてにはならない。

千吉を台所に立ち入らせず、こっそり抜丸に作らせて、その間、竜晴が台所で見張りをするか。近頃、上野の町にも増えてきた小料理屋か居酒屋で済ませるか。

どちらも面倒だと思っていた時、助け舟が現れた。

毎日のように見舞いにやって来るおちづが、自分が作ろうと言い出したのである。夕餉の分を作る時、一緒に翌朝の支度もしてくれるので、朝は汁ものを温め、膳に載せるだけで食べられるようになった。

こうして、台所仕事はおちづに任せることになり、小烏丸と抜丸はカラスと白蛇の姿で過ごすことになったのだが、千吉の仕事は見つからない。

「俺も何かさせてもらわないと」

家へ帰ってくれるのがいちばんなのだが、さすがにそうも言えない。

「病み上がりの人をこき使うわけにはいかないから」

竜晴はやんわり断ったが、神社の敷地内を歩き回っていた千吉は、やがて庭で育てられている薬草を見つけ出した。

「ここで、薬草を育ててるんですかい？」

その一角まで竜晴を引っ張ってくると、千吉は明るい声で尋ねた。

「ああ、泰山が勝手にやっている。土地を使わないのはもったいないと言ってね」

「そうでしたか。あ、これは垣通《かきどお》しですね」

千吉は紫蘇《しそ》のような草を指さして言った。薄紫色の小さな花をつけている。

「垣根を越えて、隣家にまで蔓を伸ばすという草だったか」

前に泰山が聞かせてくれた話を思い出して、竜晴が言うと、

「へえ。花は春先ですが、生薬としては夏から秋にかけて刈り取ったものを使いまさあ。熱を冷ましたり、子供の疳《かん》の虫に効くんです」

千吉はすらすらと述べた。

「さすがは薬種問屋の息子さんだな」

「いえ、店の仕事はやったこともねえんですが、昔、兄貴がいろいろ教えてくれたんで」

少し照れくさそうな顔つきで語り出した千吉は、兄の話になるとつらそうな表情になった。が、その後、よいことを思いついたという様子で、

「泰山が来ない時は、俺にこの薬草の世話をさせてくださいよ」

と、言い出した。それは、この神社では抜丸の仕事と自他共に認めるものである。おちづに台所仕事を奪われ、今また千吉に庭仕事を奪われることについて、抜丸はどう思うだろうか。ちらとそう考えた竜晴は、一瞬返答を躊躇った。

すると、千吉が突然「うわっ」と驚いた声を上げた。

竜晴が目を向けると、千吉が足もとに現れた白蛇に威嚇《いかく》され、後ろへ跳び退《の》いたところであった。白蛇の姿をした抜丸は、赤い舌を千吉に向けて吐き出し、怖がらせている。

「こ、こいつ、どこから現れやがった」

千吉がやんちゃな言葉遣いに戻って言った。

「それに、何かこいつ、芝の林で俺に巻きついてきた蛇にそっくりじゃねえか？」

いや、あの蛇がここにいるわきゃねえんだよな、と独り言を続けている。

「おや、千吉さんには蛇の区別がつくのか」

竜晴はとぼけて訊いた。

「いや、つかねえよ」

思わず乱暴に言い返した千吉は、しまったと思ったらしく、

「いえ、そのう、大きさといい、俺を見るこの怖い目つきといい、何かそっくりだなって思っただけで」

と、丁寧に言い直した。

「同じ種族の蛇ならば、見た目は似ているものだ。それより、白蛇は縁起のいい生き物という話を聞いたことは？」

「何か、あるような気もするけど」

「芝で千吉さんを助けたのは白蛇だった。白蛇をいじめたり追い払ったりすると、罰が当たるゆえ、それだけはしない方がいいだろう」

「ほ、本当ですか？」

千吉は抜丸をありがたいというより、恐ろしいというような目で見て言った。

「それから、この神社は小鳥神社というのでね」

「はあ」

「カラスは神のご使者として崇《あが》めている。カラスが上空を飛んでいたり、時には庭の木に止まっていたりするのを見たら、ご利益があるものだと思い、白蛇と同じく、いじめたり追い払ったりしないでもらいたい」

「肝に銘じておきます」

千吉は生真面目な顔つきになって答えた。

「今言ったことが守れるのなら、千吉さんに薬草の世話をお頼みしよう」

竜晴は少し声を高くして告げた。離れた場所にも声を届かせようとするかのように——。千吉は少し怪訝な表情を浮かべたものの、すぐに嬉しそうな表情になって「へえ」と答えた。

続けて、カラスが庭の木の上でカアと鳴いた。

千吉は土いじりが好きな質《たち》なのか、それからは暇さえあれば庭に出るようになった。

「十能《じゅうのう》はありますか」

炭火をかき起こすのに使う十能を渡してやると、それで土を掘り起こしつつ、畑を拡張し始めた。

「真面目に働く人とは見えませんでしたが、どうしたのでしょうか」

日向《ひなた》ぼっこよろしく縁側に腰掛けていた竜晴の足もとに、ひっそりと寄り添う抜丸が言った。仮にそれを誰かが耳にしたとしても、蛇が舌を動かした音としか聞こえぬはずである。

「遊び人だったと聞くが、根は真面目なんだろうな」

十能で一心に土を掘る千吉を見つめながら、竜晴は小声で返事をする。

そうこうするうち、いつものように泰山が現れた。

「おや、千吉。何をしてるんだ」

泰山は土にかがみ込む千吉に、親しみ深い様子で声をかけた。

「これ、泰山が育ててる薬草なんだろ。手入れしてやろうと思ったけど、その必要もなさそうなんでね。だったら畑を増やしてやろうと思ってさ」

幼なじみの泰山には、千吉も気安い口を利く。

「それはありがたいな。よろしく頼むと言いたいが、あまり無理はするなよ」

笑顔を見せた泰山は竜晴のところへやって来ると、

「お前は手伝わないのか」

と、怪訝な表情で尋ねた。

「別に、私は畑を広げてほしいとは思っていないのでね」

「しかし、不服というわけでもないんだろう？」

「千吉さんは楽しそうにやっている。その仕事を奪っては悪いだろう」

当たり前のように言う竜晴に、泰山はそれ以上何も言わなかった。再び薬草畑の方へ戻ると、

「ここの土地は不思議なくらい育ちがよくて、私も助かっているんだ」

と、千吉の隣にしゃがんで声をかける。

「これほど土がよければ、高麗の人参を何とか育てられないものか、といつも思うんだがな」

千吉の掘り起こした土を一つかみして、泰山は呟いた。

「あれはすべて船で運んできてるからな。値が張るんだよ。もしこの国で育てることに成功すりゃ、たちまち大金持ちになれるだろうな」

と、千吉が最後は軽口のように言う。

「ところで、お前、もう動けるようになったのに、家へは帰らないのか」

気がかりそうな目をして、泰山が少し小さな声で問うた。千吉は泰山から目をそらし、手もとの土を見下ろしながら、「……そりゃあ、いつかはね」と、あまり気

のない返事をする。

「まあ、ここが居心地よくて離れたくない気持ちは、何となく分かるがな」

そんなに遅くならないうちに、親御さんのとこへ帰ってやれよ、と泰山は勧めた。

「なあ、泰山。これ、何ていう草か、知ってるか」

突然のように、千吉が尋ねた。花もついてない、地味な目立たぬ草である。ただ、その葉に黒い点々が散っている様子が特殊であった。泰山はその草の葉を見るなり、顔を強張らせたが、「さあ、何だったかな。花が咲いている時なら分かったかもしれないが」と目をそらして曖昧《あいまい》に言う。

「ごまかすなよ。医者で本草学者のおめえが知らねえわけねえだろ」

千吉がぶっきらぼうな調子で言い、それからにやっと笑ってみせた。

「気を遣う必要はねえよ。これは弟切草《おとぎりそう》。『弟を切る』ってんだから、俺んとことは反対さ」

「そういう言い方はよせ」

泰山は厳しい口調になって、千吉を諭《さと》した。

「おめえは真面目で優しい男だよな。昔っからそうだった。んでもってお節介。そういうとこ、ちょっと兄貴に似てるんだよ。だから、面倒くせえ奴と思う時もあった」

泰山はどう言葉を返せばいいか分からないというふうに、気まずそうな表情を浮かべていたが、千吉は気にするふうもなく先を続ける。

「兄貴もさ。おめえみたいに気を遣うんだよな。ずっと前、俺がこの草の名前を訊いた時、兄貴は一呼吸置いてから、知らないって答えた。それがわざとらしくて見え透いてるんだよ」

千吉は後になって、草の名が「弟切草」であることとその名の由来を知ったという。

「こいつはもともと、鷹匠《たかじょう》が鷹の傷を治すために使った薬草なんだよな」

千吉から念を押すように訊かれ、泰山は黙ってうなずいた。

「鷹匠にとっちゃ、自分たちだけの秘密にしときてえ大事な知識だった。ところが、その弟が自分の恋人にこの薬草のことを教えちまう。薬草の効果は広まったが、人に知られればその知識の値打ちがなくなる。そんで、怒った兄貴は弟を切り殺しちまった。以来、この薬草は『弟切草』と呼ばれるようになった」

千吉は乾いた笑い声を上げた。

「いつの時代も、弟ってのは兄貴より出来損ないって決まってんのかね」

いささか自嘲めいて聞こえる千吉の言葉を、泰山は「そんなことがあるものか」とむきになって否定した。

「今の話から、弟が出来損ないだと決めつけられはしないだろう。むしろ、人のためになったのは弟の方じゃないか。この話は、独善で無慈悲な兄の心を戒めるものであり……あ、いや」

泰山は途中ではっと口を閉ざすと、慌てて言い直した。

「これは、弟切草の由来を語るただの昔話だ。別に教訓を伝えようとしてるわけじゃない」

「気を遣うなって言っただろ。俺の兄貴はこの昔話みたいに、独善で無慈悲な野郎じゃなかったよ。いつだって俺には優しかった。親父やお袋みたいに、俺を出来損ないって言うこともなかったしな」

余計なことを言ってしまったと悔やむ泰山を前に、千吉は溜め込んだものを吐き出すようにしゃべり続けた。

「俺は兄貴が嫌いじゃなかった。出来がよくって、目の上のたん瘤《こぶ》みてえな奴で、その優しくてお節介なところが面倒くさい時もあったけどさ。憎み切れたらいっそ楽だろうって、思った時もあったけど……」

千吉はいつしか動きを止めていた十能を、その時、ざくっと土に突き立てた。

「兄貴が俺に死んだ後の始末を頼んできた時は、仰天した。必死になって思い直してくれって頼んだけど、それができないって分かったら、今度は兄貴が哀れになってきてさ。俺はずうっと兄貴をうらやんでばかりいたんだ。その俺が兄貴を哀れむなんて、何だか変な気分だったよ」

「…………」

「俺、心のどっかで、いい気になってたんじゃねえかなあ。いっつも見上げてばかりいた兄貴を、この出来損ないの俺が哀れに思うなんて、一度もなかったからさ。嫌な弟だよなあ、本当に嫌気がさす」

話し始めた時よりずっと昂《たかぶ》った声で、千吉は吐き出すように言った。そしてそれなりふっと黙り込んだ。

「……俺のこと、馬鹿な奴だって思ってるだろ」

ややあってから、千吉はふと顔を上げると、先ほどとは違う淡々とした調子で尋ねた。その顔から昂奮した色は消え去り、気の抜けたような表情を浮かべている。

「いいや、そんなふうには思わない」

泰山は首を横に振り、千吉をじっと見つめた。

「お前は愚《おろ》か者なんかじゃないさ。なぜなら」

ゆっくりと言い聞かせるように、泰山は言う。

「本当の愚か者はお前みたいに悩んだりしないからだ」

言い終えた後も、泰山は目をそらさなかった。すると、千吉の顔が泣き出す寸前のようにゆがみ出した。

「兄貴が本当に死んじまったら、哀れに思うどころじゃなくなっちまった。死なせちまったことを悔やむ気持ちで、気も狂いそうになってさ。俺のせいだと思った。俺が、兄貴なんかいなけりゃいい、死んじまえばいいって思ったせいで……」

「お前は意識を失くしてる時、そんなことを口走っていた」

「……そうか」

「けど、本当にお前はそんなことを思っていたのか。太一さんがいなければいいと思ったことは、確かにあったかもしれない。けど、死ねばいいとか、死んでしまえとか、本気で思ってはいなかったはずだ。お前は太一さんの後を追って死ぬ理由をこじつけるため、自分でそう思い込もうとしてただけだろう」

泰山は返事を待つように口を閉ざしたが、千吉は無言のままであった。

「お前が呪詛のような言葉をくり返していたのは、そのためだったんだ」

泰山の見立てに対し、千吉は泣き笑いのような顔を浮かべた。

「兄貴がさ、死ぬ前に言ったんだ。お前は大丈夫だって」

あふれ出たのは涙ではなく、思い出に刻まれた言葉であった。

「口に出した言葉は本当になる。前にそう言ってたこと思い出してさ」

千吉の声はいつしか湿っぽいものとなっていた。

「ほんとに馬鹿だよなあ、俺も」

鼻をすり上げ、千吉は唇を噛み締めた。

「死ぬのにも、どじ踏んで助かっちまったらさ。何だか、兄貴のその言葉ばっか思い出すんだよ」

「それこそ、太一さんの狙い通りだったんじゃないのか？」

泰山は励ますような調子で言った。

「……そうかもな」

そう呟いて、千吉は低く笑った。それから、何かをごまかそうとするかのように、十能を握りしめた手を荒っぽく動かし出した。円を描くような十能の動きにつれ、土は小気味よくかき混ぜられていく。

その時、庭の木の枝に止まっていたカラスが、静かに舞い降りてきて、竜晴の横の縁側に止まったが、泰山も千吉も顔をそちらへ向けることはなかった。

「我は……どこかで似た話を聞いたことがあったか？」

竜晴は小烏丸の方へ目を向けた。だが、竜晴に聞かせようとしたのではなく、ただの独り言だったらしい。

小烏丸の目はしばらくの間、千吉の横顔に据えられたままであった。

三

この日から五日が過ぎた。その間、おちづは毎日やって来て、夕餉の膳を調えた

上、片付けと翌朝の膳の支度までしていってくれる。そのため、夕餉はいつも三人で囲むようになっていたのだが、その席で、

「俺、家へ帰ろうと思います」

と、千吉はついに言い出した。その言葉を聞くなり、おちづは「よかった」と小声で呟き、涙ぐんだ。

「あのさ、千吉」

おちづは千吉を呼び捨てにした。

千吉が遊び人とつるむようになって知り合ったのが、おちづである。化粧が濃いせいか、二十一歳の千吉より年上のように見えていたが、実はまだ十六だという。

「千吉が三河屋さんへ帰るんなら、あたし、三河屋さんの女中として雇ってもらえないかな。通いでいいからさ」

この時、おちづは急にそう言い出した。千吉も耳にするのは初めてだったようで、

「お前が？　女中働きだって？」

と、頓狂《とんきょう》な声を上げた。

堅い商家の奥で働く女中より、居酒屋や水茶屋の女中の方が似合いそうな娘であ

る。そんなおちづの言葉には千吉を案じる気持ちが滲んでいたが、千吉はすぐに返事をしなかった。

「千吉さんから頼みにくいなら、私か泰山が口利きするという手もあるが」

竜晴がそう持ちかけると、ややあってから、千吉は首を横に振った。まずは自分が親に頼んでみるという。

「あたし、ちゃんとして、千吉に恥をかかせないようにするからさ」

おちづは熱心に言った。

「おちづさんは料理も上手い。無論、余所の家のやり方に慣れるのは大変だろうが、ちゃんとやれるだろう」

竜晴が請け合うと、おちづは少し照れくさそうにうつむいた。

「千吉さんが帰る気になってくれて、泰山も安心するだろう。が、千吉さんにはその前に、私と一緒に出向いてもらいたい場所がある」

竜晴が真面目な顔を向けて告げると、千吉はそこがどこかは訊き返さず、幾分緊張した面持ちでうなずいた。

その翌日、竜晴は千吉を伴い、上野山へ向かった。行き先を聞いても、いつも庭いじりで使う十能を持って行くよう言われても、千吉は驚かなかった。やがて、上野山へ到着すると、

「もう一度ちゃんと、ここへ来なきゃと思ってたんでさあ」

千吉は遠くを見るような目で呟いた。

「先に不忍池のほとりへ行って、待っていてもらえるか」

竜晴が言うと、千吉は落ち着いた声で、分かりましたと答え、その場から不忍池に向かって歩き出した。

竜晴はその足で寛永寺へ向かった。懐には呪符と太一の蹟《て》になる紙がある。太一の遺品となったその紙は、先日、竜晴が三河屋へ出向いて、主人夫婦から受け取ってきたものであった。太一が埋められることを望んでいた場所に、この紙を代わりに埋めたいという話に、両親は一も二もなく承知して、よろしく頼むと頭を下げた。

これを不忍池のほとりに埋めれば、太一の供養にもなり、三河屋の人々にとっても一区切りとなるだろう。千吉が三河屋へ帰るこの時こそ、それをするのにふさわしい。

ただし、その前に天海に実物を見せ、許しを得る約束であった。

寛永寺へ着くと、すでに何度目かの訪問であった竜晴は、すぐに天海のもとへ通された。

天海は呪符と太一のしたためた歌に目を通した後、

「これを穢れた地に埋め、貴殿が清めてくれるというわけですな」

と、確かめた。

「これにて、この件は落着。江戸の町の鬼門が侵されることはないと考えてよろしいな」

天海の念押しに「はい」と答えた竜晴は、

「無論、この一件に関しては、ということでございますが」

と、付け加えた。

「栄えるところ、富あるところに、人が集まるのは世の理《ことわり》。そこには、悪意もまた集まります。それが悪鬼、悪霊、物の怪を生み出し、誘い込む苗床となる」

江戸を守護する大僧正さまには申すまでもないことでしょうが、と付け足すと、天海は苦笑を浮かべた。

「さようなる恐ろしきモノを相手に、一人でできることには限りがある。それゆえ、力のある者に手を貸してほしいと思ったわけだが」

天海の思いは分からぬわけではなかったが、竜晴は無言を通した。

「そういえば」

天海は未練がましい様子は見せず、すぐに話題を変えた。

「この一件が終わったら、拙僧に訊きたいことがあると申されていたな」

「はい。確かにございますが……」

竜晴は少し考えた後、

「それは、また日を改めてのことにいたしましょう。まだ土地の清めも終わっておりませんので」

と、述べた。

「ならば、そういたそう。少なくとも、今をもって貴殿との縁が切れるのだけは、避けられたというわけだ」

次に来るのを楽しみにしている、と機嫌よさそうに天海は言った。

「あの付喪神たちも連れてまいられるがよい」

続けられた天海の誘い文句に、竜晴は無言で答えた。

寛永寺を出るなり、竜晴は不忍池へ向かった。例の首が埋まっていた辺りに、千吉はぽつんと立っていた。その目は城の方へと向けられている。

その周りに人はおらず、千吉の姿はどことなく侘《わび》しげだった。

「千吉さん」

竜晴が近付いて声をかけると、千吉ははっとしたように振り向いた。その顔色は家を出た時と比べ、ひどく活気を失って見える。ここでいろいろなことを思い出して、気持ちが暗くなったというばかりでなく、この地の穢れに影響を受けたのかもしれない。

「気分が悪いのではないか」

竜晴の言葉に、千吉は少し首をかしげ、肩を回すような動きをした後、

「悪いというほどじゃないんですけど、何となく体が重いっていうか、そんな感じがするんですよね」

と、答えた。

「それは、まだきちんとお祓いをしていないせいだろうな」

竜晴は言い、千吉の足もとの地面に目をやった。

はっきりと分かるほどではないが、そこは土の具合が余所とは少し違っていた。

掘り返された後、再び埋め直された跡がある。

「ここをもう一度掘り返して、お祓いのための呪具を埋めたいのだ」

竜晴はそう断ると、千吉に持ってきた十能でそこを掘ってほしいと頼んだ。

「分かりました」

千吉は手慣れた様子で、十能を使い、後は無言で地面を掘り始めた。三寸くらいの深さまできた時、

「そのくらいでいい」

竜晴はそう言って、穴の中にまず真言の書かれた呪符を入れた。それから、太一の蹟になる紙を千吉に渡した。

無言で受け取った千吉は折り畳まれた紙を開く。懐かしい兄の筆跡を見るなり、その目の奥が大きく揺れた。

しばらく息を止めて兄の蹟を見つめていた千吉は、やがて思い出したように息を

吐き、紙を畳み直した。

「もうよいのか」

竜晴の問いに、千吉は「へえ」と静かに答えた。竜晴は呪符の上にそれを置くように告げた。

千吉の手で、太一の想いがしたためられた紙が穴の中に入れられる。その後、二人は上に土をかぶせていった。

最後に掌《てのひら》でしっかりと押し固めた後、

「……祓戸《はらえど》の大神《おおかみ》たち、もろもろの禍事《まがこと》、罪、穢れ、あらんをば祓いたまい、清めたまえ」

竜晴は祓詞《はらえことば》を厳かに唱えた。千吉はいつしかその場で両手を合わせていた。

「……兄貴、すまねえ」

その唇から、幾度も幾度も詫びの言葉が漏れた。

やがて、祓詞を唱え終わると、竜晴は千吉が目を開けるのを静かに待った。

「すみません、宮司さん。俺、もう平気です」

千吉はややあってから、しっかりした口ぶりで言った。

「ここから、三河屋さんへ一人で戻れるか」

「当たり前ですよ」

千吉は歯を見せて答えた。

「体が重かったと言っていたが、それはどうだろう」

竜晴が尋ねると、千吉は肩を交互に動かした後、

「まだ少し重いですけど、さっきよりましになったように思います」

と、明るい声で答えた。

「家へ着く頃には、もっと軽くなっているはずだ」

「そうですか。じゃあ安心だ」

千吉は素直な笑みを浮かべている。

「最後に一つ、千吉さんに訊きたいことがあるんだが」

竜晴が真顔で尋ねると、千吉は何でも訊いてくださいと言った。

「前に、千吉さんが芝の増上寺の近くで首をくくろうとした時のことだ」

千吉は少し気まずそうにうなずいた。

「どうしてあそこで死のうと思ったのか、聞かせてくれないか」

「どうしてあそこで……？」

竜晴の言葉をくり返し、千吉はその時のことを思い出そうとしていたようだが、ややあってから首をかしげた。

「死のうってことは、附子で死ねずに助かった時からずっと思ってました。本当は兄貴と同じ場所で死にたかったけど、亡骸が発見されちまったから上野山はもう無理だ。だったら余所で死に場所を探そうと思ったんだけど……」

それ以上はどう話せばいいのか分からないという様子で、千吉は口をつぐんでしまう。

「芝はもともと馴染《なじ》みがあったのか」

「いや、まったく」

千吉はあっさり首を横に振った。

「そういや、あそこが芝だってことも、後で宮司さんから聞いて分かったくらいでして」

「つまり、あそこがどこかもよく分からぬまま、足の赴くまま向かっていた、ということか？」

「そうそう。そんな感じじゃなかったかな。木にぶら下がってた縄だって、俺が用意したもんじゃなくて、もともとあそこにかかってたんだ。あれを見た瞬間、ああ俺はここに呼ばれたんだって思ったね」

「ここに呼ばれた……か」

千吉の言葉をなぞるように呟いた後、竜晴は考え込むような表情を浮かべた。それを目にした千吉も、ふと不安そうな目の色になる。

「ところで、千吉さんは鬼門や裏鬼門についてくわしいのか？」

「鬼門って、方角のあれですか？　ええと、そっちにご不浄を作っちゃいけないんでしたっけ。ええと、北東、あれ、北西でしたっけ？」

言いながら首をひねっている千吉に、よく分かったと竜晴は言った。

千吉は、鬼門という言葉くらいは知っているが、くわしい風水や方位学の知識はない。

（それなら、芝が江戸の裏鬼門ということも知らずに……）

もう少し千吉の様子を見続ける必要があるかもしれないと思いつつ、心配いらないと竜晴は告げた。それから、さかんに礼をくり返す千吉と別れ、付喪神たちの待つ小鳥神社へと一人戻った。

四

千吉が三河屋へ帰り、太一に代わって店の手伝いをするようになってから、ひと月以上が過ぎ、季節は夏を迎えた。その間に、おちづは三河屋の奥で女中奉公を始めていた。千吉は今では店の跡取りと見られており、おちづとの仲も奉公人たちは察しているようである。

いずれ若おかみになるかもしれない人、という目で見られるのは、おちづにはちょっぴり気恥ずかしく、大いに鬱陶《うっとう》しいことであった。

古株の女中にいじめられることはなかった。女中奉公にはそういういびりが必ずあるものだと聞いていたから、その点はよかったと言える。

しかし、女中ばかりでなく、店の手代や小僧たちの目も自分に絡みついてくる。特に、千吉の母であるおきわが、戸の開け閉《た》てから廊下の歩き方、箸の上げ下ろしに至るまで、事細かく注文をつけてくるのがたまらなかった。

何か失敗をする度に、おきわの口からは小さな溜息が漏れ、他の女中たちの口からは噛み殺した失笑が漏れる。三河屋では猫をかぶると決めていただけに、窮屈な女中奉公は決して楽ではなかった。

(でも、千吉がこの家へ戻って、お店を継ぐって決めたんなら)

おちづも千吉のために、それに付き合わねばならない。兄の死で傷つき、今また悲壮な覚悟で家へ戻った千吉を、自分が庇《かば》ってやらないでどうする。それが千吉と惚《ほ》れ合った自分の務めだ。

おそらく、三河屋の人々は、おちづが大店のおかみに納まるため、千吉をたぶらかしたと考えているのだろう。だが、金のある暮らしがしたいのなら、千吉よりもわりのいい男を選ぶ。

大体、おちづが千吉に惚れた時には、千吉は三河屋を継ぐことなどあり得なかった。それどころか、勘当されかねないと、本人も周りも思っていたくらいである。

――出来損ないって言うんだよ、親父もお袋もさ。奉公人たちだって陰ではそう言ってるのを、俺は知ってるんだ。

あまり飲めない酒を飲む度、口癖のようにぼやく男の危うさが、おちづの心を揺さぶった。

(この人には、あたしがついていないと――)

五つも年上の千吉を相手に、おちづはいつしか年上女房のような心持ちになっていた。

――かわいそうにね。あたしがおっ母さんなら、出来が悪くったってそこがかわいいんだって、言ってあげるのにさ。

悪酔いした千吉を、毎回なだめているうち、二人は懇《ねんご》ろになった。夫婦になろうと約束をするのに、長い時はかからなかった。

もちろん、千吉が三河屋を勘当されようが、どんなに貧しい暮らしだろうが、おちづは耐える覚悟があった。そして、その覚悟があるのなら、千吉が三河屋の跡を継ぐことになろうとも、自分がそのおかみにふさわしくなるために女中奉公することにも、耐えなければならなかったのだが……。

三河屋で通いの女中奉公をするようになって、何よりつらいのは、自分に向けられるしらけた眼差しや冷淡さではない。千吉が奉公人たちからあきれた目で見られたり、奉公人たちの前で父親から怒鳴りつけられたりする場面を見てしまった時であった。

「これだから、お前は出来損ないだって言うんだ」

そう叱る主人の声が奥まで聞こえたこともある。

「薬種問屋の家に生まれて、薬の名前さえ、まだ覚えられないのか。お前には考える頭があるのか」

「太一はなあ、十歳を超えた頃には、うちで扱う薬剤の色と形と名前をすべてそらんじていたぞ」

店を閉めた後は、毎日のようにそんな声が響き渡るのだった。

すると、奥ではおきわが大きな溜息を吐き、

「やっぱり、あの子には荷が重すぎたのかしらねえ」

と、呟くのである。

「そんなことありませんよ、おかみさん」

女中たちはちらちらとおちづを見ながら、おきわを慰めるのだ。

「千吉さんはまだお仕事を習い始めたばかりなんですから。太一さんが特別だった

だけで、千吉さんがふつうの人より劣ってるわけじゃありませんよ」

「ああ、太一がねえ。生きていてくれたらねえ」

と、おきわの涙ながらの愚痴は続く。

そういう時、おちづはさりげなくその場を離れた。もし続けておきわの口から「太一と千吉が入れ替わってくれたならねえ」などという言葉が漏れようものなら、正気でいられるかどうか分からなかったからだ。

(あんな女、母親じゃない！)

心の中で、怒りに煮えたぎった声が叫ぶ。

(あの女がああやって、長男を褒めちぎり、千吉を馬鹿にしてきたせいで、千吉はあんなに心が荒《すさ》んじまったんだ)

(ぜんぶ、あの親たちが悪いんじゃないか)

かっと熱くなった頭と心を持て余した時には、一人で裏庭に身を潜め、気持ちが落ち着くのを待った。そうしていないと、自分が保てなかった。そして、我を取り戻すまでの間にどのくらいの時がかかるのか、自分でもよく分からなかったが、それは日に日に長くなっていくような気がした。

そして、おちづが三河屋で働くようになって、ひと月近く経ったある日の昼過ぎのこと。

怒りに我を忘れそうになったおちづは、いつものように庭へ逃れ出た。しばらく身を潜めていると、そこに千吉が現れた。

「おちづ、お前、何をしてんだ」

千吉の声を聞くなり、おちづは我に返った。

「ええと、何か嫌なことがあったんだけど……」

いざ思い返そうとすると、何があったのかは思い出せなかった。おきわか女中たちの言葉の中に、おちづを怒らせるものがあったのは確かなのだが……。

「お前、お袋や女中頭にいじめられてるんじゃないのか」

千吉は千吉で、おちづの身を案じているのであった。

「あたしのことなんか、どうだっていいんだよ」

おちづは言い返した。

「そんなことより、あんたは大丈夫なの？　いっつも旦那さんから怒鳴られてばかりでさ」

おちづの言葉に、千吉は少し悲しそうな表情になった。

「平気だよ。仕事ではああやって厳しく叱るって、前もって言われてんだ。番頭さんや奉公人たちだって、初めから承知してる。俺はまだ仕事をろくに覚えてないんだから、仕方ねえのさ」

「だけど、曲がりなりにもこの家の坊ちゃんだろ？　それなのに、奉公人の誰よりも厳しくされてさ。あれじゃ、小僧より下の扱いだよ」

「仕方ねえだろ。小僧の仕事もまともにできねえんだから」

おちづの言葉にも傷ついた様子で、千吉は目をそらした。

「……ごめん」

「俺はさ、親父から怒鳴られることより、情けない姿をお前に知られることが恥ずかしいよ」

千吉はおちづを見ないで言った。

「そんな……」

「俺のそばで支えようとしてくれるのは、ありがてえんだけどさ。俺は今自分のことでいっぱいで、お前のつらさを分かってやれる余裕もねえんだ」

「あたし、ここの女中奉公をつらいなんて思ってないんだよ」

おちづは懸命に言った。が、女中仕事がつらくなくとも、千吉の惨めなありさまを見るのがつらい、というのも、奉公のつらさには違いなかった。そして、そのつらさを思いやる余裕がない、という千吉の気持ちもよく分かった。

「つらかったら、辞めてもいいんだ」

千吉は優しい声で言った。

「そうしたって、俺たちの仲が変わるわけじゃねえんだしよ」

「うん、そうだね」

おちづもうなずいた。女中を辞めるつもりはなかったが、この場では千吉に逆らいたくなかった。

「俺が一緒に行ってやるよ。戻ろうぜ」

場合によっては、おきわや女中頭に口利きをしてやろうというつもりなのだ。おちづは千吉の優しさに涙ぐみそうになった。前はこんな気遣いのできる男ではなかった。兄を亡くして、千吉はぐっと大人びたのだと思った。

(今の千吉なら、お父つぁんやおっ母さんから多少きついことを言われたって)

おちづは千吉を頼もしげに見つめた。嬉しさの余り、ほんのちょっとだけと思い、その胸に顔をうずめた。

「おい、よせよ」

千吉はたしなめるような声を上げたが、「誰もいないんだからいいじゃない」と、おちづはさらに千吉にしがみついた。すぐ離れるつもりだったが、千吉はおちづの肩に腕を回してきた。それで、おちづもそのまま身を任せた。

その時だった。家の方から庭へ出てくる人の気配がして、おちづと千吉はぱっと離れた。

現れたのは、間の悪いことにおきわであった。寄り添っていたところを見られたのかどうか。

おちづがおきわと目を合わせた時、おきわの目はすっと冷たくなった。

二人で示し合わせて逢い引きしていたと勘違いされたかもしれない。そうでなくとも、仕事を怠けていると思われたのは間違いなかった。

「すみません、おかみさん。あたし、ちょっと気分が悪くて。千吉さんは今、ここに来たところで」

おちづは必死に言い訳の言葉を探したが、おきわの耳にその言葉は届いていないようであった。

おきわはじっと千吉を見つめていた。

「やっぱり、お前は……」

おきわの口がゆっくりと動き出す。おちづの目はその唇に吸い寄せられた。真っ赤な唇の動きは蛇がのたうつように見えた。

「出来損ないだったね」

兄さんとは違うんだ、心を入れ替えたの何のと言ったって、人の本性ってのはそうたやすく変わるものじゃないんだよ。

真っ赤な蛇が毒のある言葉を吐き続けている。だが、その言葉はもう、おちづの耳に届いていなかった。

その直後、あはははっという甲高い女の笑い声が、庭中に響いた。

「言った、言った。ついに言った」

はやし立てるような声であった。

「やっぱり言った。言うと思っていたんだよ、あたしは」

奇妙に明るい声はおちづの口から漏れていた。千吉とおきわがぎょっとした表情で、おちづの顔を声もなく見つめている。

「出来損ないってね。その言葉が呼び水だったんだよ」

「おちづ、お前、何を言ってんだ?」

千吉が掠れた声で訊いた。おちづが絡みつくような眼差しを千吉に向ける。

「お、お前、おちづじゃねえな」

千吉の顔に恐怖の色が浮かび上がった。

「かわいそうにね。もう苦しまなくたっていいんだよ」

幼い子供をあやすような声で、おちづが千吉に言う。

「出来損ないって言葉が、いったい、何の呼び水だったって言うんだ」

おきわが声を励ますようにしながら叫んだ。

おちづの眼差しがおきわへと戻っていく。その目は先ほど、おきわが千吉に向けていた眼差しとは比べものにならないくらい冷たく、そして憎悪に満ちていた。

「あんたが二人目の倅を失う呼び水だよ」

おちづは再び声を上げて笑った。

七章　神は慢心を嫌う

一

同じ日の午後、小鳥神社にはいつものように泰山が来ていたのだが、そこへもう一人の客が飛び込んできた。

「竜晴さま、大変だ」

大声を張り上げて、竜晴の住まう平屋へ走って来たのは大輔である。

「おや、そなたは花枝殿の弟の……」

庭で薬草の具合を見ていた泰山が呟き、草むらの陰に身を潜めていた白蛇が鎌首をもたげた。

「大輔殿か」

家の中にいた竜晴も声を聞きつけ、庭へ出てきた。

「竜晴さまに、三河屋さんへ急いで来てほしいって、姉ちゃんが」

大輔は竜晴の顔を見るなり、大慌てで告げた。

「三河屋？　花枝殿は今そちらにいるのか」

竜晴は動じることなく、落ち着いた声で訊き返す。大輔は焦れた様子で早口に説明した。

「姉ちゃんとおいらは、竜晴さまんとこへ向かってたんだけど、三河屋さんの近くを通りかかったら、店の人も客も大騒ぎしてるんだ」

「大騒ぎ？」

「女の人が刃物を持って暴れ回ってるって、皆が言ってた。あっ、店で暴れてたわけじゃないぜ。けど、奥の方で喚いてる女の声が店にまで聞こえてきててさ。奉公人の連中は皆、青い顔してたよ。店からは様子が見えなかったけど、おいらたちは裏道を知ってたから、そっちへ回ってみたんだ。そしたら、三河屋さんちの庭先がとんだことになってた」

「女とはもしや、おちづさんでは……？」

話を聞いていた泰山が、不安げな声を漏らした。

「名前なんか知らねえよ。女中みたいな格好してたけど」

とにかく早く来てくれよ――と、大輔は竜晴の腕を引っ張った。

「下手すりゃ、人死にが出ちまうかもしれねえ。あそこんちは葬式出したばっかりなんだ。また誰かが死ぬなんて、やりきれねえだろ」

大輔のもっともな言葉に動かされ、竜晴と泰山は連れ立って三河屋へ行くことにした。

出かける前に、竜晴は草むらにちらと目をやり、白蛇に「留守を頼む」と伝言を送った。それから、近くの木の枝を見上げ、カラスにも同じようにする。

そして、三人は三河屋へ向かい、その道中、大輔はさらに状況を説明した。

大輔が見たのは、女中と思しき若い女がおかみのおきわと千吉相手に、小刀を振り回している姿だったという。その様子は正気ではなく、モノに憑かれているとしか見えなかった。花枝もそう言い、それならば竜晴に来てもらうのがいいだろうと、大輔を小烏神社へ走らせたということである。

「その女は、おかみさんと千吉さんを殺《あや》めようとしていたのか」

竜晴は落ち着いた様子のまま、訊き返した。

「うーん、そこまでは分からなかったけど、何だかおかみさんに向かう時と千吉さんに向かう時じゃ、しゃべり方が違う感じだったかなあ」

「どういうふうに違うか、大輔殿には分かったのか」

「千吉さんには優しい感じだった。でも、おかみさんにはすげえ恐ろしい感じでしゃべってたぜ」

大輔の話を聞くにつれ、泰山の顔色は不安に染められていく。一方の竜晴はさして深刻な表情をするでもなく、平然としたものであった。

そうするうち、三人は三河屋の近くに到着した。「こっちだよ」と大輔が手際よく、庭へと続く裏道へ導いてくれる。その木戸のところには、近所の野次馬たちが鈴なりになっていた。

「ちょっと、いいですかあ」

大輔は遠慮する様子も見せず、人込みをかき分けて前へと進んだ。

「何だよ。この餓鬼《がき》」

文句を言う者もいたが、大輔は「前の方に姉ちゃんがいるんで」と言い返し、怯《ひる》まずに歩き続ける。竜晴と泰山はその後に続き、庭へ入る木戸の前まで進んだ。

「宮司さま」

木戸のそばで気をもんでいた花枝が、声を上げる。

「大変なことになっていて」

花枝は場所を空けると、竜晴一人を木戸の真ん前へ迎え入れた。

「あの方、おちづさんといって、千吉さんのいい人らしいんですけど、言ってることがおかしいんです。たぶん何かに取り憑かれていて、三河屋の皆さんも手を出しかねてるみたいで。霊媒師を呼んだ方がいいんじゃないかとか、言い合っていました。でも、私、こういうことなら宮司さまがいちばん頼りになると思ったんです。私一人の考えで、大輔を呼びに行かせてしまったんですけど、ご迷惑でしたでしょうか」

「いや、花枝殿のご判断は正しかったのです」

竜晴は一度花枝に目を向けてから、再び庭の方に目を戻して言った。

「後は私にお任せください」

竜晴はそう言うなり、木戸を押して庭へと足を踏み入れた。

「宮司さん」

いちばんに竜晴の姿に気づいたのは、千吉であった。顔は蒼ざめているが、意識はしっかりしている。その千吉の腕をつかみ、首筋に小刀の切っ先を宛がっているのは、まぎれもないおちづであった。

二人の前に、強張った顔のおきわが立ちすくみ、その後ろには、三河屋の主人を含めた男たちが固まっている。

おきわはおちづから目をそらさず、竜晴に目を向ける余裕もない。一方のおちづは小刀の位置を動かさぬまま、目だけをちらと竜晴に向けると、

「あんた、何しに来た」

と、問うた。その声も表情も、竜晴が知るおちづのものではない。

「なるほど、女の悪霊に憑かれたか」

竜晴がおちづを見据えて呟いた。

「陰陽師か」

おちづが憎らしげな目を向けて、竜晴に言う。

「いや、まあ、先祖には陰陽師もいたが、私は小鳥神社の宮司であって、ことさら

陰陽師を名乗るつもりはない」

「わけの分からぬことを。あたしの邪魔をしに来たわけじゃないのかい？」

「邪魔するかどうかは、あなたがしようとしていること次第だが。まずは、それを聞かせていただこうか」

おちづに憑いた霊は、竜晴からおきわに目を戻した。その両目が怒りに燃えさかっていく。

「その女は息子が要らぬらしい。だから、あたしがもらっていこうとしてたんだよ」

「要らないなんて、あたしは言っていませんよ」

おきわが話に割って入ってきた。かなり昂奮した甲高い声であった。

「あたしはね、大事な倅を一人亡くしたばっかりなんです。その上、もう一人の倅まで連れ去ろうなんて、あんたは鬼ですよ。あたしはそんなこと絶対に許しません。鬼に倅を渡したりするもんかっ！」

「鬼はどっちだっ！」

おちづの口から喚き声が上がった。

「あんたは倅に毒のある言葉を吐いて、その心を傷つけてるだけじゃないか」

「…………」

「『出来損ない』って、あんたは確かに言ったよね。このおちづって娘も聞いてたんだよ。この娘は一生懸命、あんたを憎むまいとしてたからねえ。あんたみたいな母親でも、好いた男を産んでくれた人っていうんで、けなげにこらえようとしてたけど、『出来損ない』って、あんたが言うのをはっきり聞いちまった。それで、この娘は我を忘れた。その隙にあたしが体を乗っ取ったっていう寸法さ」

おちづの口を借りて、物の怪は滔々《とうとう》と語った。

「なるほど。あなたはおちづさんに取り憑いて、ずっと身を潜めていたというわけか」

竜晴が口を挟むと、おきわに向けられていたおちづの目がゆっくりと戻ってきた。

「あなたが子供に執着し、子を傷つける親に容赦ないのは、あなた自身が子を亡くしたからか」

さらに問うと、おちづの顔にふっと翳がよぎっていった。

「その通りだよ」

おちづは寂しげな声で言った。

「あたしはたった一人の我が子を亡くしちまった。まだ五つだったっていうのにさ。何で、あの子が死んで、あたしが生きてるんだろうって、寝ても覚めても考え続けた。そのうち、子供を持つ母親を見ると、憎らしくてたまんなくなった。誰もが皆、仕合せをあたしに見せつけてるようでねえ」

低い声で語るおちづの言葉がそこで途切れた。

「物狂いっていうんだろうね、亭主にそう言われたよ。それで縁を切られたんだ」

「あなたからは生きている人の生気が感じられない。すでに死んでいるのだろう。もしや、あなたは芝の林で首をくって死んだのではあるまいか」

竜晴が淡々とした声で尋ねると、女の霊は乾いた笑い声を立てた。

「そうだよ。あたしはまず、芝の林で死のうとしてたこの若者に憑いたんだ」

おちづの目が、今まさに刃を突きつけている千吉の顔へちらと流れた。

「そのうち、この子が親からひどい目に遭わされてるって知ってね。子供がこんなに大きく育って、今も生きてるってだけで、その仕合せを嚙み締めるべきなのに、ここの親たちときたら――。子供の悪口を言って、自分たちはついてなかったって溜息ばかり吐いてる。それが許せなかったあたしは、まったく同じ気持ちを抱いてる娘を見つけた。それがこのおちづって子さ」

「それで、おちづさんに乗り換えたというわけか」

「この娘には悪いことをしたと思うよ」

女の霊は少しばかりしんみりした口ぶりで言った。

「けど、あたしはもう死んだ身なんでね。生身の体がなくちゃ言葉も操れない。悪いけど、この倅の命はあたしがもらっていく。だって、そこの親は出来損ないの倅は要らないって言ってんだ。要らない子をあたしがもらって、何が悪いというんだね」

「なるほど、あなたの言い分はよく分かった」

竜晴は歯切れのよい口ぶりで言った。

「本当かい？」

おちづの口から喜びに弾む声が漏れた。一方、

「宮司さんっ」

千吉の口からは切羽詰まった叫び声が上がる。

おきわは蒼白い顔を強張らせたまま、言葉を発しなかった。

二

「おかみさん」

竜晴はまずおきわに目を向け、声をかけた。それから、その後ろに立つ三河屋の主人に目をやり、

「三河屋さん」

と、同じように落ち着いた声をかけた。

「ああ」

三河屋がおちづの様子をうかがいながら、慎重に一歩足を進める。

千吉の首を狙う小刀が不意に角度を変えるのを見た途端、三河屋は足を止めた。

「わ、分かった。もう動かないから、どうかこらえておくれ」

哀願するような調子で、おちづに言う。

「その場から動かずに聞いてくだされればけっこうです」

竜晴は三河屋夫婦にそう断ってから、語り出した。

「私にはいささか、怨霊、悪霊調伏《ちょうぶく》の心得がございます」

三河屋とおきわは互いに顔を見合わせている。

「しかし、力でねじ伏せればそれでよし、と思うわけではありません。仮に、おちづさんに取り憑いた霊を調伏したとしても、その結果、千吉さんやおちづさんの苦しみが続くのであれば、意味がない。この死霊とて決して救われないでしょう」

「だったら、どうすると言うのだね。私たちにどうしろと？」

三河屋が嚙みつくような調子で言い返した。

「落ち着いてください。今、千吉さんの身柄が捕らわれていることをお忘れなく」

竜晴の言葉に、三河屋ははっとした様子で口をつぐんだ。

「太一さんを喪《うしな》ったあなた方は、ご自身を不仕合せな親とお思いだったのでしょう。しかし、おちづさんに憑いた死霊には、とても仕合せな親御さんに見えるのです。そのことは、今さんざん聞かされたのですから、お分かりですね」

「理屈は分かった。しかし……」

三河屋は抗弁しかけ、思い直したようにその口を閉じた。

「そもそも、この死霊は三河屋さんのご一家に個別の恨みを抱いていたわけではありません。だから、あなた方が千吉さんを大事になさっていれば、こうして姿を現すこともなかったでしょう。おちづさんが取り憑かれることもなかった」

「確かに、私は千吉に厳しく当たった。しかし、それも千吉が店の仕事を手伝うと言ってくれた嬉しさあってのこと。厳しくしたから、大事にしていないと思われては心外ですな」

三河屋が懸命に言った。

「本当にそうなら、死霊が力を持って現れたりはしません。あなたは太一さんと千吉さんを比べて、心ない言葉を吐いたことは一度もなかったのですか」

竜晴のさらなる問いかけに、三河屋は口をつぐんだ。竜晴は再びおきわへと目をやった。

「おかみさん。あなたは確かに千吉さんに向かって『出来損ない』と言いましたね。それが、この死霊を呼び起こすきっかけとなったのですよ」

「確かに……申しました」

おきわはうつむきがちになると、小声で認めた。

その場に沈黙が落ちた。三河屋もおきわも、千吉も死霊の女も口を開かない。奉公人や野次馬たちは息を詰めて見守っている。

ややあってから、竜晴が静かに口を開いた。

「言霊をご存じですか」

その目は三河屋とおきわへ向けられていた。二人が顔を竜晴の方へ向け、いささか躊躇いがちにそれぞれうなずく。

「言葉は口にすることで、力を得る。出来損ないと言えば、その子は出来損ないになるのです。そういうふうに人の心を縛る力が言霊にはある」

三河屋とおきわは恥じ入るかのようにうつむいてしまった。

「出来損ない？　人の才覚を見極める力があなた方にあるのですか？　神でもないあなた方に」

竜晴の、どんな時でも淡々として落ち着いている声色が、その時、激しさと冷たさを同時に宿した。

「たかが親というだけで、あなた方は神にでもなったごとく傲慢な口を利いた」

三河屋とおきわは、顔も上げられずにうな垂れたままである。

「悪事も一言、善事も一言。一言で言い離つ神、葛城の一言主」

竜晴は高らかに言い放った。

「覚えておかれるがいい。神は慢心を嫌う」

そう言うなり、竜晴はその双眸《そうぼう》をおちづへと向けた。

火途《かず》、血途《けちず》、刀途《とうず》の三途《さんず》より彼を離れしめ、遍《あまね》く一切を照らす光とならん
オンサンザン、ザンサクソワカ

懺悔《ざんげ》滅罪《めつざい》、悪霊退散《あくりようたいさん》——の言葉と共に、竜晴が腕を空へ向かって振り上げるようにした。

竜晴に目を奪われていた者たちの眼差しが、その手の動きと共に、空を仰ぐようにする。千吉も同様だった。

はっきりと見えたわけではないが、何かが空へ向かって放たれたような、その光跡を目で追ったような感覚がその場の人々を包み込む。一瞬の後、カタリと物が落ちた音がし、千吉は我に返った。

千吉の首筋に当てられていた刀が地面に落ちたのだった。その直後、

「おちづっ！」

千吉は崩れ落ちるように倒れ込むおちづの体を慌てて支えた。

「千吉」

「おちづ」

三河屋とおきわが口々に名を呼びながら、二人のそばへ駆け寄った。

「おちづ、大丈夫か。気を確かに持て」

千吉の悲痛な声が庭に響き渡る。

「おちづさんは大事ありません。今は気を失っていますが、やがて正気を取り戻すでしょう。先ほどの霊の記憶はないはずですから、あまりおちづさんを責めないように」

竜晴が千吉に告げた。

「宮司さん、ありがとうございました」

千吉がおちづを抱えたまま、涙を滲ませた声で礼を言う。

「本当に、ありがとう存じます」

おきわが改めて竜晴に向き直り、頭を下げた。

「私からも礼を言います。それに、数々のご無礼を詫びさせてください」

おきわの傍らで、三河屋も深々と頭を下げて言った。

「私どもが間違っていた。千吉につらく当たってることは分かってたんだが、太一を亡くしたやりきれない気持ちを晴らしようがなくて。それを千吉にぶつけていたんですな」

「あの死霊になった人も、お子さんを亡くした悲しみを晴らしようがなかったんですね。首を吊って死んだって……」

おきわがぽつりと呟くように言う。

「あの人が死んだ場所にも皆で出向いて、手を合わせてこようと思います。それにもう、悪い言葉は口にはしません。その報いを痛いほど味わわされましたから」

「私も己の傲慢さをしみじみ思い知らされた。くれぐれも自重いたします」

夫婦のやつれた顔つきは変わらぬものの、その表情にはすがすがしさが宿っている。

「悪《あ》しき言葉を浴びせられれば、人は本領を発揮できなくなり、心も荒む。一方、善き言の葉はよい運をもたらすものです。そのことをどうか忘れないでください」

また改めて礼に伺うと言う三河屋夫婦にそう言い置き、竜晴は三河屋の地所を後にした。

三

竜晴が木戸を出ると、待ち構えていた人々に歓声で迎えられたが、かまわずに歩み続けていくと、やがて人々は離れていった。最後まで竜晴に付いて離れなかったのは、泰山と花枝と大輔である。

「すげえなあ、あれ」

大輔は竜晴の周りを跳ね回りながら、昂奮した面持ちでしゃべり散らしている。

「……一切を照らす光とならん。オンサンサン……サンザン……何だっけ？」

竜晴の真似をしようとするのだが、すべては覚えきれなかったようだ。

「ええい、なんとかかんとか、悪霊退散！」

途中を適当にごまかし、最後の腕を振り上げるところだけ、びしっと決めている。

「およしなさい」

花枝が怖い顔を向けて、大輔を叱った。

「お前ごときが真似をしてよいものではないのですよ」

「いいじゃん、かっこいいんだから。竜晴さま、あれ、おいらにも教えてくれよ。取りあえず口真似ができるだけでもかっこいいからさ。ねえ、おいらも修行したら、竜晴さまみたいになれるのかな」

「なれるわけないでしょう。まったく大馬鹿なんだから！」

花枝は大輔を派手に叱りつけた後、ころりと態度を変え、

「本当に申し訳ございません、宮司さま。うちの弟ときたら、ほんとに愚か者で」

と、竜晴の前でしきりに恐縮してみせた。

「馬鹿って言った。そういう悪い言葉が人を悪くするんですよね、竜晴さま」

鬼の首でも取ったような勢いで、大輔が花枝に口を尖らせて言い募る。

「何を言うの。神さまは慢心を嫌うと、宮司さまがおっしゃっていたではありませんか。お前のものの考え方こそ、慢心もいいところです」

そうですよね、宮司さま――と、花枝が竜晴の横にぴたりと付いて、その横顔を

きなどがあり、口喧嘩《くちげんか》を続けている。


竜晴が適当な受け答えをしている傍らで、花枝と大輔は口喧嘩《くちげんか》を続けている。

「それにしても、お前が解決してくれてよかったよ。千吉とおちづさんに代わって礼を言う」

それまで黙っていた泰山が改まった様子で、竜晴に告げた。

「千吉の幼なじみとして、本当によかったと思っている。太一さんは気の毒だったが、千吉は心を入れ替えたようだし、おちづさんという気のいい人もそばにいてくれる。親御さんたちも今度のことで、気持ちを入れ替えてくれるだろうしな」

「ああ。あの一家はもう大丈夫だろう。おちづさんがあの一家に加わることで、いっそううまくいくのではないか」

竜晴の言葉に、「そうだろうな」と泰山もうなずいた。

「あのう、宮司さま」

その時、いつの間にか口喧嘩を終わらせていたらしい花枝が、少し気がかりそうな様子で口を挟んできた。

「前に私がお伝えした太一さんのお話なんですけれど」

と、花枝はやや遠慮がちに言う。お蘭のことを指すのだと察し、竜晴は黙ってうなずいた。

「三河屋の親御さんたちは、あのことをご存じだったのでしょうか」

「太一さんの遺したお品から、ある程度のことはお察しになっていたようです。それに、千吉さんはすべて知っていましたから、親御さんたちにお話ししたかもしれません」

竜晴が答えた。

「じゃあ、あのお方は……」

花枝はいったん躊躇いがちに言いさしたものの、思い切った様子で続けた。

「お城におられるあのお方は、太一さんが亡くなったことをお知りになったでしょうか」

「さあ、そこまでは私も……」

竜晴は天海の顔を思い浮かべた。あの大僧正であれば、大奥の貴人と話をすることも、人を介して言づてを頼むこともできるであろう。今はお楽の方と呼ばれるその人に、太一のことをそのまま話すとは思えなかったが、もしかしたらあの歌だけは伝えてくれたかもしれない。

「私、あのお方が太一さんの死をご存じないままなのは、お気の毒かしらと思ったんです。でも、逆にご存じないままの方がいいのかしらと思ったり。もちろん、私があの方にお知らせする術だってないんですけれど」

悩ましげな表情で、花枝は呟く。

「それは、あまり気にしなくともよいでしょう」

竜晴はいつになく優しい物言いで花枝に答えた。

「もし何らかの形でお知りになるなら、それもよし。そうでなくとも、太一さんの魂は誰かを恨んだりはしません。それに、善き言の葉はよき運をもたらすもの」

竜晴は「梅の花香をかぐはしみ遠けども　心もしのに君をしそ思ふ」と静かに口ずさんだ。

「太一さんが書き残していたという歌です。昔の人が作ったものですが、太一さんのあの方への想いをこめたものでしょう」

「……すてきな歌ですね。遠くにあっても想い続けるなんて」

「花枝殿がご心配なさらなくとも、太一さんがご無事を願っていたお方にはよき運がもたらされると思います」

竜晴の言葉に、花枝は晴れやかな笑顔を見せた。

「宮司さまがそうおっしゃってくださるなら、それ以上に確かな言葉はございませんわ」

「悪事も一言、善事も一言」

大輔が再び竜晴の真似をして、勢いよくしゃべり始めた。

「一言で言い……言い切る神だっけ。んん、言い叫ぶ神だったかな」

「一言で言い離つ神、葛城の一言主——だ。大輔殿」

言い迷う大輔に、泰山が教えた。

その後、明るい笑い声が弾《はじ》けた。

八章　弟切草の花咲く神社

一

竜晴が小烏神社へ戻ったのは、泰山や大輔と一緒に出かけてから一時《ひととき》（約二時間）ばかり後のこと。

途中まで一緒だった泰山、花枝、大輔らと別れ、一人で小烏神社へ戻って来た竜晴は、白蛇姿の抜丸に出迎えられた。滅多にないことだが、抜丸は鳥居の辺りまで出張ってきて、竜晴を待ち構えていたのである。

「どうしたのだ」

竜晴は驚いて駆け寄り、周囲に人のいないのを確かめると、両手を差し出してその上に抜丸をのせた。

「小烏丸の奴がいなくなりました」

抜丸は竜晴と同じ目の高さまで持ち上げられるのも待たずに告げた。

「何、小烏丸が？」

竜晴が目を見開いて抜丸を見つめる。

あの天海につかまった時を除き、小烏丸が勝手にいなくなったことは一度もない。あの時は見知らぬ侍に、自分でも理由の分からぬままついて行ってしまった、と聞いている。その侍の正体はまだ分かっていないが、もしやまた同じ侍と出くわし、ついて行ってしまったということなのか。

嫌な予感を覚えつつ、竜晴が「留守中に誰か来たか」と問うと、抜丸は頭を左右に動かした。

「小烏丸は突然、『しだいさまが危ない！』と叫ぶなり、空に舞い上がって行ってしまったんです。半時ほど前のことでした。飛んで行ったのは上野山の方です」

「上野山か。ところで、『しだいさま』というのは誰だ。私に心当たりはないが」

「その時、誰のことかと小烏丸に尋ねたのですが、私の声も届いていないようでした。ただ、後から思い返してみると、今の世の人でなければ心当たりがないわけでもなく……。しかし、そんなはずは……」

最後の方は独り言のような調子で、抜丸は答えた。

「今の世の人でないなら、すでに亡くなった人ということだな」

「はい。もう何百年も前の人なのですが。ただ、それにしたところで、小烏丸の奴は記憶を失くしているわけですし」

抜丸の口調は歯切れが悪い。

「もしかしたら、その直前に記憶を取り戻したのかもしれない。その『しだい』という名は通称か幼名のようだが、いったい何者なのだ。私も知っているような歴史に名を残した人物なのか」

「はい。たぶんご存じだろうと思います。その人の名は……」

と、抜丸が言った時であった。

「これは、宮司殿でいらっしゃるな。ちょうどよかった」

と、大きな声が鳥居の外から聞こえてきて、大柄の男が近付いて来た。前に、天海の使者としてやって来た、田辺という侍である。

「また、大僧正さまからのお呼び出しですか」

竜晴が先んじて尋ねると、「いかにも」とうなずいたものの、田辺はいつしか妙なものを見る目になっていた。その眼差しは竜晴の掌の上の白蛇に向けられている。

「ああ、この蛇はそこの草むらで蔓にからまって動けなくなっていたので、助けてやったのです。白蛇は縁起のよいものと言いますからね」

「なるほど。それがしも聞いたことがある」

田辺は納得した目つきになったものの、「しかし、宮司殿は誰かと話をしているようであったが」とまだ疑問を残している様子である。

「さて。ただの気のせいでしょう。では、出かける支度をしてまいりますゆえ、少々お待ちを」

竜晴はそう言って、抜丸を地面に下ろした。白蛇は待ちかねていた様子で、素早く草むらの中に姿を隠す。

その後、いつもの薬草畑のところで、竜晴と抜丸は落ち合った。

「小烏丸が上野山の方へ向かったという折も折、大僧正からの呼び出しが関わりなしとも思えない。供を頼むぞ」

竜晴の言葉に、抜丸が飛びつくように「かしこまりました」と答える。

いつものように、竜晴は付喪神を人型にする呪を唱え始めた。みるみるうちに、白蛇の姿が霧に包まれ、その後、色白の少年が現れる。

用意が調うと、竜晴は抜丸を従えて鳥居まで舞い戻り、田辺の後について寛永寺へ赴いた。

庫裏の手前で田辺と別れ、庫裏の中を小僧に案内されたのは前と同じだが、今日は先客がいる。齢《よわい》四十前後と見える品のよい侍だった。そして、その侍と天海の間に白い布が敷かれており、その上に一羽のカラスがぐったりと横たわっていた。

「小烏丸っ！」

思わず声を上げたのは抜丸で、天海の目はすぐに抜丸の方に吸い寄せられたが、侍は表情も変えなかったので、何も聞こえていないものと思われた。

「伊勢《いせ》殿」

天海が侍に呼びかけた。

「こちらが、お話しした小烏神社の宮司、賀茂竜晴殿です」

竜晴は伊勢殿と呼ばれた侍の少し後ろに座り、頭を下げた。

「そして、賀茂殿。こちらの方は旗本の伊勢貞衡《さだひら》殿と申される」

伊勢貞衡が竜晴の方に体ごと向き直り、頭を下げた。

「実は、賀茂殿をお呼び立てしたのは、この伊勢殿より不思議な話をお聞きしたゆえでしてな。伊勢殿は何とかして、このカラスを助けたいと切に願っておられる。愚僧は鳥獣を治せる医者に心当たりがなかったが、賀茂殿ならばご存じでもあろう。また、もしかしたら、医者よりもまじないの方が効くのやもしれぬ。賀茂殿はそちらの方面にくわしいゆえ、とにかくおすがりしようということになった次第」

天海の説明する間、竜晴はちらと横たえられた小烏丸の様子をうかがったが、じっと目を閉じたまま、動き出す気配はなかった。

「賀茂殿、それがしからのお願いでござる。とにかく、このカラスを助けていただきたい」

貞衡は切実な声で言い、先ほどより深く頭を下げる。

「そのお気持ちはよく分かりました。が、その前に何があったのか、お話しいただけないでしょうか」

「分かり申した」

貞衡は顔を上げると、落ち着いた声になって語り出した。

「実は、それがしが寛永寺へ参らんと、上野山へ入ったところ、鷹が勢いよく飛んでまいりましてな」

「鷹……ですか」

竜晴は不審げに呟いた。

鷹は無論、江戸にもいるだろうが、多くは大名家や旗本家で飼われているものだろう。野生の鷹は江戸のような町ではなく、もっと山奥深くにいるものなのではないか。

竜晴がその手のことを尋ねると、自分も同じような疑問を持ったと貞衡は述べた。

「とにかく、その鷹がそれがし目がけて飛んでまいった時、このカラスが横合いから飛び込んでまいった。お蔭でそれがしは傷一つ負いませなんだが、カラスは鷹の鋭い爪で攻撃され、かような怪我を負ったのでござる」

小烏丸に痛ましげな眼差しを注ぎ、貞衡は小さく溜息を漏らした。

「伊勢殿はこのカラスが自分を助けてくれたのではないかと、おっしゃっておられる。まあ、その辺りのことはカラスに問うてみなければ分からぬところですが」

天海が言葉を添えた。「カラスに問う」という物言いに、竜晴は天海の言わんとするところを察したが、貞衡は何の反応も見せない。やはり、抜丸の姿が見えないのと同様、小烏丸が何ものかも分かっていないようであった。

「伊勢殿に一つお伺いしたいことがございます。鷹はその後、どこかへ飛んで行ったものと思われますが、鷹匠の姿は見かけられませんでしたか」

竜晴が改めて尋ねると、

「何、鷹匠の――？」

貞衡は小烏丸から竜晴に目を戻し、驚きの表情を浮かべた。

「いや、それらしき人の姿は見ておらぬ。かようなところで、獲物を狩らせる鷹匠がいるとは思ってもみなかったゆえ、探しもしなかったのだが」

「もちろん、野生の鷹だったのかもしれません。しかし、今のお話からすれば、鷹は伊勢殿――つまり人を襲おうとしたということになります。人の側から仕掛けたのでない限り、鷹が人を襲うとは考えにくい」

「すると、どこぞの鷹匠が鷹を操って、それがしを襲わせたと――？」

愕然とした様子で貞衡は呟く。

「まあ、それは今考えても分からぬこと。伊勢殿にはご身辺に注意していただくとして、賀茂殿よ。鳥獣を扱える腕のよい医者に、心当たりはござらぬか」

天海が改めて竜晴に問うた。

「鳥獣については分かりませんが、本草学にくわしい医者に心当たりがあります。ひとまず頼んでみることといたしましょう」

「金はどれだけかかってもよいゆえ、よい薬があれば惜しまず与えてもらいたい」

貞衡が真剣な物言いで告げた。その貞衡にじっと目を当てながら、

「失礼ですが、伊勢殿のご一族は伊勢のご出身なのですか」

と、竜晴は静かな声で尋ねた。貞衡はうなずいた。

「古くはそうですな。我が家は伊勢平氏で、今は『伊勢』を名乗りとしている」

「ああ、伊勢平氏の……。たいそうな名家のご出身でいらっしゃったのですね」

竜晴はそう言いながら、背後の抜丸が小さく息を呑んだ気配に気づいていた。

抜丸はもともと平家一門——まさに伊勢を地盤とした伊勢平氏が所有していた刀である。小烏丸も同様で、特に平家一門の当主に代々受け継がれてきた太刀であった。

とすれば、小烏丸が伊勢貞衡の身を守ろうとした理由も、その血筋にあったので

はないかと、竜晴は思いめぐらした。また、貞衡が寛永寺に出入りしていることからして、前に小烏丸がふらふらと付いていってしまったという侍も、この伊勢貞衡であった見込みが高いだろう。

そうしたことを一瞬のうちに推察した後、竜晴は「それでは、このカラスは預かってまいりましょう」と小烏丸を白い布ごと抱え上げ、立ち上がった。

「どうかお助けくだされ」

最後に、貞衡が声を振り絞るようにして、もう一度言った。

二

寛永寺から小烏神社への帰り道、竜晴は人のいない場所を見計らって、

「先ほどの『しだい』という人物についての話を聞かせてくれ」

と、抜丸に告げた。

「近くに人がいれば、私は返事をしないが、気にせず話し続けてくれればいいから」

竜晴の言葉を受け、抜丸は「はい」と応じ、語り出した。
「先ほどまでは、私もまさかと疑わしく思っていたのですが、あの伊勢貞衡という
お侍が平家の血を引くと知って、はっきりしました。小烏丸はあの方を助けに飛び
出していったに違いありません」
「では、小烏丸は伊勢殿を『しだいさま』だと思って、助けたというわけか」
竜晴は低い声で訊き返した。
「そういうことだと思います。どうやって、あの方の危機を察知したのか、どうし
てあの方を『しだいさま』だと思い込んだのか、そこまでは分かりかねますが」
と、抜丸は申し訳なさそうに答えた後、説明を続けた。
「『しだい』とは、数字の『四』に、『賀茂氏一代』のように使う『代』で、『四代』
と書きます。その方がそう呼ばれていたのは子供の頃だけで、成人してからは平重《しげ》
盛《もり》さまとおっしゃいました」
その名は竜晴も知っていた。
平清盛の嫡男で、『平家物語』などに「小松《こまつ》の大臣《おとど》」という名で出てくる人物で
あった。確か、四十代の頃に父である清盛に先んじて亡くなっており、その死が後

後の平家一門の衰退の一因とも考えられている人物だ。

「『四代』とは、四代目の当主という意味の名前です。あの一族は嫡男の幼名にそういう名前をつけていました」

伊勢から京へ居を移し、一代で基盤を築いた平正盛《まさもり》を一代、その息子忠盛を二代と数え、清盛が三代目というわけである。

だから、清盛の幼名が「三代《さんだい》」で、清盛の嫡子として生まれた重盛は幼名を「四代」といった。

小烏丸は、この代々の当主に受け継がれた太刀だったという。

ならば、重盛はある一時期、小烏丸の所有者だったわけで、小烏丸が愛着を覚えたとしても不思議はない。その後、重盛の早すぎる死によって、当主の座は重盛の息子ではなく、弟宗盛《むねもり》に譲られることとなった。おそらくは、小烏丸も宗盛に受け継がれたと考えられる。

この宗盛の代で、平家一門は壇ノ浦の敗戦を迎え、太刀の小烏丸は行方知れずとなり、付喪神の小烏丸はそれ以前の記憶を失ってしまった。

（もしや、あの伊勢貞衡殿は平重盛公に似ているのか）

と、竜晴は思いめぐらした。

あるいは、重盛の生まれ変わりだと、小烏丸が思い込んでしまう特徴がありでもするのか。

いずれにしても、小烏丸が助かって、本人に訊いてみれば分かることだ。その時、小烏丸が覚えているかどうか、また昔の記憶が戻っているかどうかはともかくとして、今は小烏丸を助けなければならない。

何としても、小烏丸を助けてほしいと本気で願っていたあの伊勢貞衡のためにも。

竜晴はひたすら帰り道を急いだ。

やがて、小烏神社に到着すると、竜晴は小烏丸を抜丸に託し、その足で泰山を迎えに行った。

怪我をした者がいるから診に来てほしいと言われた泰山は、すでに日暮れも近かったが、「すぐに行こう」と答えた。

「その怪我人はお前の神社にいるんだな」

「ああ」

と、竜晴はいつになく低い声でうなずく。

「あれから何かあったのか」

三河屋からの帰り道を、花枝や大輔たちと一緒に歩いたのは、この日のことである。泰山の言葉に応じる声はなかった。

よほど怪我人の具合が気になっているのだろう、と泰山は思った。もしや重い怪我を負っているのかもしれない。一刻でも早く治療をしなければと、泰山は竜晴と先を争うように道を急いだ。

もはやすっかり馴染んでしまった平屋に上がると、かつて千吉が寝泊まりしていた部屋に通された。治療を施されるはずの患者が、そこに横たわっていると思われたのだが……。

「なに？」

その部屋の中央に置かれているのは、小さな座布団である。白い布が敷かれたその上に横たえられているのは、怪我をした黒い鳥であった。

「カラスだな」

泰山は慎重に口を開いた。

「ああ」

竜晴が先ほどから変わらぬ低い声で答える。

「怪我をして治療が必要なのは、このカラスなんだな」

なおも慎重に、泰山は尋ねた。その時にはもう、カラスの前に座り込み、その様子を観察し始めていた。

「お前なら治せるだろう」

決めつけるように竜晴は言う。

「分からん」

泰山は率直に答えた。

「鳥獣にくわしい医者もいないわけじゃないが、私は正直、これまでカラスを治療したことはないんだ」

「カラスだからどうとか、考えないでいい。人と同じように治療してくれ」

「ああ。私にはそれしかできないが……」

そう答えた泰山は、少し遠慮がちな口ぶりで提案する。

「鳥獣の治療にくわしい医者を探してみようか。知り合いに訊いて回れば……」

「いや、いいんだ」

　泰山の申し出を、竜晴はきっぱり断った。

「お前が診てくれるのが一番いい。それに、必要な薬があれば言ってくれ。三河屋で調達してくる」

「傷の手当てが先決だが、それは用意してきた。蒲黄《ほおう》を傷口に塗り、敗醤根《はいしょうこん》で炎症と膿《うみ》を抑え、弟切草を煎じて飲ませる」

　泰山の治療方針に、竜晴はいちいちうなずいた。

「蒲黄はガマの穂綿のことだな。因幡《いなば》の白兎《しろうさぎ》を治療したという」

「よく知ってるな。まあ、そのあたりはお手のものか」

　蒲黄とは、ガマの花粉をそのまま使う薬だと、泰山は言った。

　因幡の白兎は鰐《わに》に皮を剝かれて苦しんでいたが、八十神《やそがみ》から「体を海水につけてから風に当たっているように」と騙《だま》されてしまう。その通りにしていたら、さらに症状が悪化し、白兎は苦痛に泣いていた。

　すると、そこへ大国主《おおくにぬし》が通りかかり、「真水で体を洗い、ガマの穂綿を体につけて治すように」と本当の治療法を教えてくれたため、白兎は大国主に感謝したという、『古事記』や『風土記』に載る伝承である。

「弟切草は、鷹の傷を治すために使われていたという生薬だな」

「ああ。蒲黄も弟切草も鳥獣に使っていた治療薬だ」

だから大丈夫だというように、泰山は力のこもった声で言う。

「敗醬根は女郎花《おみなえし》の根を使った生薬で、においが腐った醬油のようなんだ。ひとまずはこれらで傷を癒しつつ、後は滋養強壮に効く薬があればなおいいのだが……」

「滋養というと、やはり人参か」

「その通りだが、あれは値が張る。本来は身分のある方々だけが口にできる特別なものなんだ」

「金を払えば、三河屋で都合してもらえるだろうか」

本気の口ぶりで、竜晴は言った。

泰山は目を剝いたが、「カラスにそんな高いものを飲ませるのか」とは言わず、

「お前との縁もあるから、店に入っていれば何とかしてくれるだろう。しかし、いつでも手に入るものじゃないんだ」

あまり期待を持たせないように答えた。

「他には、ちょっと気が進まないかもしれないが、附子や烏頭も力をつけるのには効く」

「附子は子根で、烏頭は母根だったな」

「ああ。人参よりは手に入りやすい。おそらく三河屋さんにも置いてあるだろう。もちろん、熱を加えたものを使う」

「効くのであれば何でも試してくれ。それに、烏頭という名前はカラスに縁があるように思える」

「ああ。カラスの頭に似ているから、『烏頭』と名付けられたんだ」

「それは、烏薬の時にも聞いたような話だな」

竜晴の返事に「よく覚えてたな」と泰山は言い、かすかに微笑んだ。

「カラスに縁の深い生薬は多い。これらの薬がこのカラスを助けてくれるさ」

もちろん私も力を尽くす――と、泰山は請け合った。

「取りあえずは、今言った薬草をここで煎じさせてもらおうか」

「ああ。よろしく頼む」

と、竜晴は泰山に向かって頭を下げた。その態度に泰山は仰天した。

で、

「お前が私に頭を下げるなんて、熱でもあるんじゃないのか」

「そうか」

竜晴はどことなく上の空のような調子で答えた。それから、ふと思い出した様子

「これから治療に当たるなら、お前、今夜からうちに泊まっていくか」

と、さらりと尋ねた。

「お前はそれでかまわないのか。前の時は歓迎されなかったが」

いつになく遠慮がちな泰山の問いを、竜晴は無視した。

「夜具は客用の分があるから、損料屋で借りなくてもいい」

もう決まったことのように言うと、手伝えることはないかと竜晴は尋ねた。

「ああ。まずは、湯をたっぷりと晒《さらし》を頼む」

思い出したように、泰山は言った。

「分かった」

竜晴はすぐに立ち上がって部屋を出て行く。その後ろにさっと続いた子供の姿は、

泰山には見えていなかった。

三

数日後、竜晴は子供の姿をした抜丸を供に、寛永寺へ天海を訪ねた。渡したいものがあると、天海が例の田辺という侍を使者に遣したのである。

いつものように、庫裏の一室へ通され、抜丸を含む三人だけになると、

「小烏丸の容態はいかがですかな」

天海はまず尋ねてきた。

「まだ意識は戻りませんが、治療は続けていますし、傷口もふさがってきているそうです。後は目覚めるのを待つだけですが……」

「さようか。意識が戻るまでは、気も休まらぬことでござろう」

天海はそう言うと、事前に用意していた漆塗りの箱を竜晴の方へ押しやった。

「役に立つかどうか分からぬが、貴殿の付喪神のために使ってもらえればありがたい」

竜晴は箱の蓋を開けた。太くて立派な高麗産の人参が三本入っている。

「このように貴重なものを――?」

竜晴は驚きの表情を天海に向けた。

「献上されたものゆえ、銭がかかったわけでもない。気にせずにお使いくだされ」

「大僧正さまのお志、ありがたくいただきます。実は、知り合いの薬種問屋に頼んでも、手に入らなかったものですから」

「お望みの品であったのなら幸いでした。付喪神の治療とはいかなるものか、よく分からなかったのだが……」

天海の目に困惑の色が浮かんでいる。

「大僧正さまは、付喪神に関わるのが初めてでございましたか」

竜晴は今さらながらの問いかけをした。

「さよう。この度はいろいろと学ばせてもらった。付喪神が人の形をしていると、拙僧には見えても他の者の目には見えぬ。また、人の形をしておらねば、その者の話す人語は聞き取れずとも、姿は見えるようじゃとな」

「言わずもがなでしょうが、付喪神は長い時を経て魂と力を得たもの。その姿は、実物と縁の深い生き物であることがふつうです」

付喪神の成り立ちや特徴を、竜晴は改めて語り出した。天海は興味深そうな表情で、その話に聞き入っている。

「小烏丸がカラスの形をしているのはそれゆえ。また、これなる抜丸の本体は、大蛇が現れた時、刀身が自らするりと鞘を抜け出し、大蛇を退治したことから『抜丸』と付けられました。そのため、付喪神としては蛇の姿をしております」

「なるほど」

これで一つ、貴殿にまつわる謎が解けましたな――と、天海は破顔した。

「本体と付喪神は本来、離れて在るものではありません。ただし、小烏丸は違う」

「どう違うのですかな」

「小烏丸の本体は平家一門に伝わる太刀なのですが、これは壇ノ浦の合戦で行方知れずになっておりまして、私も目にしたことはありません」

「さようであったか。しかし、付喪神がいるということは、本体は無事ということなのでござろう？」

「おそらくは、どこかに無事な状態で在るのだと思いますが、本来は本体と付喪神は一心同体。付喪神に何かあれば、本体に損傷が起きるかもしれず、そのことも気がかりです。小烏丸がなかなか目覚めないのも、本体と離れているせいか、とも思われて……」

次第に歯切れの悪い物言いになっていった竜晴は、やがて口を閉ざした。

「小烏丸の本体については、拙僧にも貸してやれる力はなさそうだが……」

「大僧正さま」

ふと竜晴が改まった様子で言い出した。

「それについては、一つ伺いたいことがございます。伊勢殿のことです」

そのことはあらかじめ分かっていたという顔つきで、天海はおもむろにうなずいてみせた。

「伊勢殿はもしや、小烏丸が大僧正さまに捕らわれの身となった時、こちらに来ておられませんでしたか」

少し記憶をめぐらすように沈黙した後、

「その通り、確かに同じ日、伊勢殿はこちらへ参っておられた」

と、天海はしっかりした口ぶりで答えた。

「小烏丸はある侍の姿を見るなり、ふらふらと後をついて行き、寛永寺へ入り込んでしまったそうです。その侍とは、伊勢殿のことだったのですね」

「なるほど、そう聞けば、いろいろと理に適っておりますな。伊勢殿は平家の子孫であり、小烏丸が伊勢殿を助けようとしたのも、その体を流れる血が引き寄せたのだと考えられる。もっとも、伊勢殿は小烏丸の正体にまったく気づいておらぬふうでしたが……」

　それでも、貞衡は小烏丸の容態をしきりに気にかけ、竜晴が連れ帰った後も、あのカラスは助かったのかと何度も尋ねてきたのだと、天海は話した。

「念のためにお尋ねしますが、伊勢殿が『小烏丸』という刀をお持ちだとお聞きになったことは？」

「あったら、とっくの昔に話しておる」

　天海は苦笑を浮かべながら答えた。

「そうでしょうね」

　と、竜晴も笑いながら応じた。これまでは、事件のことで力を合わせつつも、どこかで腹の探り合いをしているようなところがあった。が、今は少なくとも、天海がその手の隠しごとをしているとは、竜晴も思っていない。

「今度、改めてそれとなく尋ねてみるとしよう。まあ、本当のことを答えてくれるかどうかは分からぬが……」

「古い名族には、身内だけで守り通さねばならぬ秘密が、何かとあるものでしょうから」

竜晴が呟くと、「賀茂氏にもいろいろありそうだ」と天海が言った。

「いずれにしても、この度の一件ではいろいろと世話になった。改めて礼を申し上げたい」

天海は表情を改め、頭を下げた。

「これで、お約束の任は果たしたということでよろしいですね」

「しかし、伊勢殿の一件、賀茂殿におかれては気になっておられるのではないか」

天海は竜晴の顔色をうかがうように見ながら訊いた。

「小烏丸を襲った鷹が、何者かに操られ、伊勢殿を狙ったのではないかという意味ですか」

「さよう。貴殿は鷹匠がどこかにいるのではないかと、気にしておられた」

「それはまあ、そうなのですが……」

竜晴は言葉を濁した。

「あれが、もしも何者かの仕業によるのであれば、この天海めの住まう上野山で行われたこと。これを見過ごすことはできませぬ」

「江戸の鬼門を揺るがせる一大事というわけですか」

竜晴の言葉に、天海は苦笑を浮かべた。

「まあ、この度の件は拙僧の気の回しすぎであり、江戸を揺るがせるようなものではなかった。伊勢殿の件もそうかもしれぬ。されど、この江戸を守らんとする上は、些細《ささい》なことも見過ごすわけにはいかぬのです」

天海はそこでいったんしゃべるのをやめ、一呼吸置いてから、ゆっくりと言葉を継いだ。

「拙僧より優れた術者を味方にできれば、これにまさる守りはござらぬ」

何分、拙僧も若くはないゆえ、若い人の力を借りたいと常日頃から思っていた次第であり……と続く天海の言葉は「まあまあ」という竜晴の声に遮られた。

「この度のような形であれば、お力添えすることはできましょう。どちらが主、どちらが従というのでなく、互いに助け合うということでいかがですか」

和やかな声で、竜晴が告げた。

「相見互《あいみたが》いの交わりですな。よろしい。拙僧もそれがいちばんよいと思うておりましたぞ」

天海が機嫌のよい声で応じる。その先は穏やかな笑い声が続いた。

四

それがいつの時代のことだったかは、よく分からない。いや、覚えていない。ただ、小鳥丸は二人の少年と共にいた。

少年たちは兄弟で、小鳥丸は兄の持ち物だった。

兄は名を四代といい、父の跡を継いで、その名のごとく四代目の当主となることを宿命づけられた少年だった。兄弟は十歳くらい離れていただろう、弟はまだ幼かった。

四代は幼い弟を連れて、山歩きをしていた。弟が歩き疲れた様子を見せると、負ぶってやりながら、二人は初夏の山道を歩き続けた。

しばらくして、輝くような黄色の花が咲き乱れる場所に出た。

「わあ」

幼い弟ははしゃいで、駆け出して行った。が、すぐに転んで足をすりむいてしまった。

突然、弟は火のついたように泣き出す。

四代は取り乱すことなく落ち着いて、弟の怪我の具合を確かめると、次に黄色い花をつけた草の葉をむしり取り、それを指でこすってすりつぶした。そして、

「これは、傷口に効く薬草なんだ。少し痛いかもしれないけれど、我慢するんだよ」

弟にそう説明すると、その草の汁を傷口に塗り始めた。汁を溜めておける器もないから、すりつぶしては塗り、すりつぶしては塗るのをくり返すしかない。手間のかかる作業をくり返しているうち、やがて弟も泣きやんだ。

「兄上」

弟は兄がむしり取った草の葉を見て、不思議そうに訊いた。

「この葉っぱ、どうして、黒い点々がついているの？」

確かに、葉には黒い点が無数に散っており、すりつぶすと、赤黒くなって不気味に見えなくもなかった。

「この草はね……弟切草というんだ」

四代は少し躊躇いがちな口ぶりで告げた。

「どういう意味？」

弟は無邪気に尋ねた。

「この薬草は昔、鷹匠が鷹の傷を治すのに使っていたんだけれど、そのことは秘密だった。自分だけが知っていることにして、他の人より有利に立ち回ろうとしたんだね。ところが、鷹匠の弟がそのことを他の人にばらしてしまったんだ。鷹匠は怒って弟を刀で切ってしまった。そうしたら、弟の血が薬草の葉っぱに飛び散ったんだ」

そこまで話した時、四代は手にしていた葉っぱを、弟の前に示してみせた。

「だから、この薬草の葉っぱには弟の血の跡がついて、こんな模様がついているんだって。弟切草という名前もそこからついたそうだよ」

兄が弟に語り聞かせるには惨い逸話だった。

その頃、まだ付喪神になりきってはいなかったが、人語を解せるようになっていた小烏丸にも、そのことは分かった。幼い弟相手に、何も正直に話してやる必要はない。適当にごまかしてしまうことも、嘘を話してしまうことも、できぬことではなかったはずだ。

しかし、四代がそういうことのできぬ人物だということも、小烏丸には分かっていた。そして、そういう四代のことを、小烏丸は好きだった。

弟もそうだったはずだ。

その話を聞くなり、弟はまたわんわん泣き出した。

「ごめん。こんな話、怖かったかい？　それとも、傷がまた痛み出したのか」

四代は慌てて弟の顔色をのぞき込むようにした。

「いいえ、違《ちが》います」

弟は涙に濡《ぬ》れた顔を大きく横に振った。

「その兄弟がかわいそうで……」

と、泣きじゃくりながら言う。

「ああ、そうだね。兄に切られるなんて、本当にかわいそうな弟だ。大してひどいことをしたわけでもないのに」

四代が慰めるように言うと、弟はちょっと違うというふうな目で、四代を見つめた。

「弟もかわいそうだけど、兄もかわいそうだよ。だって、弟が賢ければ、兄は弟を切らずにすんだんだもの」

と、四代の弟は一生懸命説明した。

「鷹匠の兄が、私の兄上のように優しい人なら、弟も切られないですんだよね。だから、兄も弟もかわいそうなんだ」

優しくない兄と賢くない弟——どちらもかわいそうだと、四代の弟は言った。

「私の兄上は、優しい兄上でよかった」

涙に濡れた顔で微笑む弟の顔を、四代は袖口で拭いてやりながら、

「そなたは本当に心が優しいのだな」

と、嬉しそうに微笑んだ。

二人は母が違っていたが、仲のよい兄弟だった。

そして、優しい兄と優しい弟に違いなかった。

二人がずっとこのままでいられればいい――その日、弟切草の花咲く野山で、小烏丸はそう思った。

覚醒は唐突にやってきた。

ぱちりと目が覚めると、小烏丸の視界には二人の人影が飛び込んできた。それは、整っているがゆえに少し冷たく見える竜晴の顔と、少女に見まがう抜丸の忌々しい顔であった。

「小烏丸」

二人は同時に明るい声を上げた。

その声は聞き慣れているものとは違っていた。用を言いつける時の単なる呼びかけでもなければ、人を小馬鹿にしたような物言いでもない。二人とも心の底から喜び、安堵しているということが、小烏丸にも伝わってきた。

「我は……」

どうやら部屋の中で寝ていたらしい。横向きの格好で、数多く積み上げられた座布団の上に横たえられていたようだ。しかし、体の向きを変えて起き上がろうとすると、体中に痛みが走り抜けていった。

まだ起きてはいけないと、竜晴と抜丸が口々に言った。

自分は何をして、こういう状態になったのだろうと、小烏丸はぼんやり考えたが、何かがはっきりと浮かんでくることはなかった。

「お前は上野山で鷹に襲われて、大怪我をした上、意識を失っていたのだ」

竜晴がいつもより優しい声で告げた。

「我が鷹に？　そんな無様な目に遭っていたのか」

小烏丸は信じがたい思いで呟く。

「いや、無様などではない。お前は鷹に襲われようとしていた人を救ったんだ。その人のことは覚えていないか」

「我が人を救った？　いや、まったく覚えていないが」

小烏丸は怪訝な声で言った。

「お前は急に空に舞い上がって行ったんだ。あの時のことも覚えていないのか」

抜丸が尋ねても、小烏丸の訝しげな目の色は変わらなかった。

「いや、この神社で竜晴を待っていた時のことまでしか覚えていない」

小烏丸は記憶をたどり、そう答えるしかなかった。

「まあ、いいさ。無事だったんだ。竜晴が我を助けてくれたのだな」

竜晴が大事にいたわってくれたことに喜びを覚えつつ、小烏丸は言った。

「お前の治療に当たったのは医者の泰山だ。今は疲れて、別の部屋で休んでいるがね」

「そうか。ならば、あの医者先生にも感謝しなければいけないな」

小烏丸は泰山の顔を思い浮かべてしみじみと述べた。竜晴が「ところで」と少しばかり慎重な言い方になって切り出した。

「お前の昔の記憶は戻ったか」

小烏丸ははたと考え込んだ。自分が記憶を失くしていたことを思い出した。本体の刀の在《あ》り処《か》が分からないことも思い出した。だが、失ってしまった記憶については、それがひどく大事なものであるという気はしきりにするのだが、その断片さえ浮かんではこなかった。

「失くした記憶は戻っていない」

と、小烏丸は答えた。が、その後、わずかに目を細めると、

「ただ、ひどく懐かしい夢を見ていたような気がするんだ」

その夢の内容も今は思い出せないんだが……と、寂しげな口ぶりになって言う。

「どういうわけか、胸が痛いんだ」

小烏丸の感想に対し、竜晴も抜丸も言葉を返しはしなかった。

「おとぎりそう……」

ふと小烏丸の口から、自分でも思ってもみなかった呟きが漏れた。

「何の話だ」

竜晴が怪訝な表情になって訊き返す。

「いや、なぜかその言葉が浮かんだ。どうしてだろう」

小烏丸も不思議そうな声で言った。

「弟切草はお前の傷を治すのに、泰山が使った薬草の中の一つだ。干した草を煎じたものを飲ませた他、この神社の庭に植えてある生の草を搾《しぼ》って傷口に塗るのにも使っていたな」

「ああ、そうだ。この神社にも弟切草は生えていたな！」

大事なことを思い出したように、小烏丸が言った。

「生えているんじゃなくて、育てているんだ」

抜丸が黙っていられないという様子で言い返したが、いつものように棘《とげ》のある物言いではない。

「そろそろ、花が咲いてるんじゃないか」

突然、小烏丸が尋ねた。

「どうしたんだ。お前、薬草にはまるで関心がなかったじゃないか」

抜丸が驚いた目を向けて訊き返す。

「咲いているなら見たいんだ。黄色い花だろう？」

「何日も寝ていたくせに、どうしてもうそろそろ咲くって分かるんだ？」

「とにかく見たいんだ。見せてくれよぉ」

小烏丸は駄々をこねた。いつもなら、竜晴からは冷たくあしらわれるか無視され、抜丸からは嫌みの一つも言われそうなところだ。しかし、

「小烏丸がこう言うんだ。抜丸、ちょっと庭を見てきてくれ」

と、竜晴は抜丸に告げた。

「もし花が咲いていたら採ってきてくれ。一本くらい、泰山も四の五の言わんだろ

う」

「かしこまりました、竜晴さま」

抜丸は素直に立ち上がった。

竜晴はいつになく優しいし、抜丸は控えめだし、怪我をして寝込むのも捨てたもんじゃないなと、小烏丸はひそかに考える。

やがて、抜丸が花のついた枝を持って、部屋に戻ってきた。

「一本だけ咲いていました。今年初めて咲いた弟切草の花です」

明るい黄色の花が、抜丸の少女のような色白の顔に照り映えて見える。

「小烏丸に見せておやり」

竜晴が優しく抜丸に告げた。抜丸が小烏丸の傍らに座り、花の一枝をそっと置いてくれた。

たった一輪の花なのに、視界が明るい黄色で埋め尽くされたような錯覚を、小烏丸は覚えた。どこかで昔、この花がたくさん咲いている景色を見たことがあったような気がする。

とても仕合せで、とても懐かしく、とても優しい――。

だが、結びかけた像はその場ですぐにほどけてしまい、小烏丸はしっかりとした何かを思い出すことはできなかった。

（ま、いいか）

弟切草から目をそらすと、竜晴の顔が目に飛び込んできた。小烏丸は今の主人である賀茂氏の美しい宮司を見つめながら、満ち足りた気持ちでカアと鳴いた。

【引用和歌】
梅の花香をかぐはしみ遠けども　心もしのに君をしそ思ふ（市原王『万葉集』）

【参考文献】
寺島良安編『和漢三才図会』より巻九十四・九十五（中近堂）
植松黎著『毒草の誘惑』（講談社＋α文庫）
植松黎著『毒草を食べてみた』（文春新書）
山崎幹夫著『毒の話』（中公新書）
大木幸介著『毒物雑学事典　ヘビ毒から発ガン物質まで』（講談社ブルーバックス）

この作品は書き下ろしです。

弟切草《おとぎりそう》

小烏神社奇譚《こがらすじんじゃきたん》

篠綾子《しのあやこ》

令和2年6月15日　初版発行
令和4年11月25日　3版発行

発行人――石原正康
編集人――高部真人
発行所――株式会社幻冬舎
〒151-0051東京都渋谷区千駄ヶ谷4-9-7
電話　03(5411)6222(営業)
　　　03(5411)6211(編集)
公式HP　https://www.gentosha.co.jp/

印刷・製本―図書印刷株式会社
装丁者――高橋雅之

幻冬舎時代小説文庫

ISBN978-4-344-42996-3　C0193　し-45-1